織——一件盛夏の雪衣

夏谷傳來
一聲驚
雪花繽紛
不是雪

巫守如 著

品一、春花秋月——

春若有情花不去　月若無情不中秋

品二、風雨在天—

風雨邂逅在雲天　努力耕耘在人間　風也好　雨也好　忍看人生皆美好

品三、如如不動——

風雨如晦　寫忠貞二字　縱遇濁流　築穩重如山心潭一座

品四、天寬地闊──

嘩啦嘩啦寂然處　我坐山澗　細聽流水載霞歸

品五、細水長流——

碧波萬頃　淵遠流長　青山無邊　綿延不絕

品六、遇見美好——

如何天天遇見美好　必須長存一顆　感恩心　反省心　廉潔心

如是我聞詩萬千

「守得雲開擒墨香，如是我聞詩萬千。」一個胸懷平靜的人，其眉宇也正；一個能借文字翰墨自我鞭策、惕勵的人，必也是忠臣孝子。

公職數十寒暑，閱人無數。守如是我於七年前任職主秘橋段共事的同仁。

「乍見之熱，不如久處不厭」。第一眼的守如，並不是一個浮誇、灑脫之人。似嫌拘泥不夠活潑、不擅逢迎，只道是中庸。其人本性方正不苟、浩然磊落，善良、執著、謹守分際，凡事盡心盡力，忠誠度百分百。為求盡善盡美，從不走捷徑，步步為營。交辦之事，皆能如質如實完成。感謝那段日子守如細心協助諸多龐雜公務，令人放心無罣礙，也讓我穿梭在繁忙的工作上，輕鬆許多。

「橫眉豎眼千夫指」。她就像個稱職的化妝師，偶而也為長官擦脂抹粉，總把最好的一面呈現給工作。收起自己的脾氣，從不劍拔弩張，也不搞小圈圈。職場上，咆哮一次，多年堆積的好形象，夕間瓦解。微笑，是她的處事橋梁；圓融，是她永遠的敬業態度，廣結善緣，順暢各個面面角角。

猶記，之前無意間，閱讀到守如出版的一本小散，心中不禁暗忖：「黑矸ㄚ嗲豆油！」沒想到在這封閉的上班環境，公文以外，竟有文筆如此練達的同仁。幾經拜讀，感嘆人間藏龍臥虎，處處有驚豔。凡：春夏秋冬、悲歡離合，盡收她筆墨底下。揮灑間，但見力道，流動生芳、收放自如。有如一匹奮力奔騰駿馬，也像一叢桂花默默飄香⋯。更讓身處忙碌中的我，猶如手握一杯甘醇茶香，找到一處屬於自己的心靈落腳。

「寧靜致遠，天道酬勤。」服務職場多年的她，除了際遇多舛，還曾經面臨生命中之不可逆—921震災的房屋倒塌，仍不氣餒。勇敢、樂觀再站立。淡泊以明志，面對諸多升遷機會，她總是選擇放棄，但求平安、穩定，知足便是好。努力勤耕手中那支筆，是寄託也是力量。雖曾經滄海難為水，即便諸多風雨，她也不怨天尤人，不比較，不退縮⋯⋯。學習堅忍不拔，更是對生命的一種尊重，一心只想安分地過好她的每分每秒。

尤其，今年的第十六本新詩—織一件盛夏の雪衣。其中，心情白蘭地—如癡如醉，醉倒天地懷裡，硬把星月來當枕；夢裡的駝鈴聲—懷念故鄉風光，馳騁野地飄飄然；愛—漂泊，走遍千山萬水看天下，享受幸福滋味霸山海，別了我的愛—咖啡，百聞其香不厭倦，淺嚐輕品曾經醉⋯。令人欲罷不能，回味無窮。內文中，多篇頗似紅塵中你我的故事，淋漓盡致詮釋命運的美麗與哀愁，品之蕩氣迴腸。

再談邀序，對於一個文筆有點短絀，萬筆只對「如擬」嫻熟的我，猶如上山下海之千般難，推辭數番，仍不敵邀約，終於落筆定乾坤。惟借神來靈思妙語，為「盛夏の雪衣」增添幾許繽紛和光芒。

希望守如的人生下半場，能夠「輕安自在，多采多姿」。

謹以—藏頭藏尾詩乙則，祝福守如一切順安，運筆婉約，一年又一年。

“輕”妙文筆山水“多”

“安”然內在好風“采”

“自”信豐盈飄逸“多”

“在”吟雪衣綻華“姿”

期許之！勉勵之！

辛丑年十一月

楊明祥 並題

（感謝秋香副座潤筆春風）

心靈原鄉

記憶，是可以珍藏的。

歲月來去無聲，一晃十年有。

詩人說，回憶是上帝賜給人類最珍貴的心靈原鄉。

「人生到處知何似，恰似飛鴻踏雪泥。」無論是快樂或痛苦，能在記憶中留下痕跡的，一定是最深刻、最特別的。就像幻燈片般幕幕放映，不需特別準備醞釀，也不需彩排，影像經常無來由地一觸即閃燃。隨境中情節，倒帶時光隧道，重新回到從前，咀嚼再三，樂趣無窮。

文字呼喚回憶。對於這份蒼天厚予，最好的收藏就是擺放心之一隅，或將之化為感性文字。文字就像銳利鏡頭，能精準地抓住每人那顆心的表情，可以是晴天也可以是雨天。透過文字堆砌，完美呈現。

守如是我多年同事，圓融內斂，雖然話不多，可是，在相處上她是一位經得起玩笑的好姊姊。只要不過分，大玩笑小玩笑皆不以為忤，如：有次她的頂上髮剪得超短又不怎麼養眼，我就問她：「請問妳髮型是哪家剪的？好告訴同仁下次千萬別到那家美容院處理三千煩惱絲，免得嚇到人」。她聽後也沒生氣，只是一直猛笑。從此，就戴上一陣子鴨舌帽，直到有點長度才卸下，算是遮醜、也算是壯膽吧！時間荏苒，有天，她遞給我一本她寫的書，著實詫異萬分。之後，一有空即翻閱，透過文字脈絡，感受到她是個生活中之飛鳳，敏銳度也夠。

見字如見人，守如文章和她本人差不多，當我看到她的文字，有著淺淺憂鬱，淡淡抒發時，就不自覺收起平時笑鬧心，深怕哪天也被她不小心收納她的文字故宮。她的筆鋒簡潔正向，有黑有白，有喜有怒，寫人性、寫職場、寫悲歡……，點到為止。但絲毫不構成閱讀上的偏見與障礙，每當看完一篇，當下惟用淺嚐即止來形容。如同蜻蜓臨水般，在心湖上輕留波紋，舒心明亮。

生活在綠能3C年代，普遍長壽已是趨勢，養成多元興趣更是必然。因守如的知性與感性，趁公餘之暇，成就一本又一本的創作。今受邀為她第16本新詩題序——織一件盛夏の雪衣，角色扮演自然與當一般讀者心境大不相同。來回展讀中，就像翻開她珍藏的日記或相本，節奏有序，篇篇有梗。其中，小荷巧兮——是描述池裡荷花生命之妙，超然脫俗……、茶與傻——是寫人生如茶，除了要有閒暇心，仔細品飲外，顱內還要有空間裝點琴棋書畫，以娛忙碌、單調職場人生。闡述獨到精闢。若你也有空，歡迎共遊一趟奇文短詩之旅，併賞天地風貌、品味人文之美。

辛丑年十一月

林鼎傑 隨筆

最美の浪費

追逐文字，是人生最美的浪費；追逐文字，也是人生最美的享受；誠如，庭前收藏一片海景般的高優質享受。

酷愛文學，是緣自父親的基因，在他群覽廣大書籍和壯闊毛筆字薰陶下，漸漸對文學產生好感，終至成痴。

為了一睹文字浩瀚，常常「上窮碧落下黃泉」地溯源。凡有擺書的鋪子，書本攤開，一坐就是個大半天，甚或借回，焚膏繼晷繼續海拚。尤其，前陣子無意間，誠品翻到魯迅的金句特有感：「牛吃的是草，擠出的卻是奶」、「其實地上本無路，走的人多了，就變成了路」、「哪裡有天才，我只不過把別人喝咖啡的時間，都用在工作上了」、「時間，就像海綿的水，只要願擠，總還是有的」、「我以為別人尊重我，是因為我很優秀。後來才明白，別人尊重我，那是別人很優秀」、、、，一堆振奮的文字珍珠，簡直令人如癡如醉，有如暮鼓晨鐘。

關於文學，我是存滿滿的敬畏。它是我的眼也是鼻。眼，能看盡紅塵悲歡和黑與白；

鼻，能嗅聞人間冷暖和潮起潮落。細細琢磨，它便是人間美味，使我的生活增豔不少。文學，是一種魅力，也是一種補償。是時代味覺；也是心靈探索館。喜歡文字的絲絲入扣，喜歡文學的茅塞頓開。文學像星星之火，足以燎原；也像一團火球，你靠近它就溫暖，同時也溫暖別人。想要燃燒自己，就必須投入更大熱情，讓自己能因文字陶冶，走到哪都不令人討厭。

第十六本新詩，盛滿好多的感恩。感謝題序長官楊副局長明祥的恢弘文筆、感謝單位吳專員峻瑋的視覺饗宴、感謝鼎傑股長那有如陳年佳釀般的序文。不禁讚嘆！為官的若沒有三兩三絕不敢上梁山。文劍武劍雙握，天下無敵。 字一珠，有如空谷幽蘭屢屢傳低迴。

楊副局長—一位溫良恭儉”讓“、從不疾言厲色的好長官。色厲內慈、高大威武、氣宇軒昂、鶴立雞群、品貌非凡、敬上慈下、屈尊敬賢、劍眉星眸。有幸蒙獲第16本新詩題序，使內文增色生風不少。心中有如雪中明鏡、雙眼有如鷹眸銳利；胸懷山川風貌、放眼晴空萬里；手握權杖甘露，一灑大地春回。筆力如山，擒翰振藻、運筆極妙、張弛適度、跌宕起伏、一路瑰麗到峨眉。職場，他就像一盞燈，默默守護著弱勢，是正義翅膀，也是哀傷者的守護神。耕耘的是人性一畝良田；堅持的是文官傲人品格。不但有偉人的忍讓氣度，更有強者的慈心厚道。

工務局專員—吳峻瑋君，惠賜有溫度視覺饗宴乙幀。半敘半詠、堅勁流美，剛中帶柔，柔中有梗。顯見一位愛家愛運動愛藝文的年輕人，其生活品質必定精采絕倫。勇者無懼，其不但剛正不阿、鍾靈毓秀，有著眉宇飛霜的駿逸、深厚的英文底子，更有著淵博俊雅的翰墨深度。更是個淑人君子，也是一道職場人文風光。

鼎傑股長，職場多年小老弟，是採購法的傳承者，博學專業、親和有禮、品格出眾不傲慢。看了他的文筆，春華秋實。方知腹中有料的人一通百通。不但段落，架構漂亮，筆底生花，文霞滿紙，寫來有如行雲流水，順暢到長江黃河。

韻嵐老師，人事貂蟬，不但溫婉有料、每遇文字高牆，她的頭腦就是梯，是繩也是規，話雖不多，言出必精銳，簡潔有力，氣質優雅，臉上從不長不耐煩。文字路上，有她的相輔，就像魚兒水中逢水，輕快悠遊，自信、篤定、有力，共同拆解文字圍籬。有時字字斟酌難取捨，經她的一點通，瞬間小溪般暢流。明道，也是人事菁英，忠厚、勤快有韌度，態度親和令人舒心。於年底最繁忙時刻，百忙中抽空，投入校對行列，除錯度仔細也精準，更見其文字底蘊深且廣。

在此，謹借篇幅一角落，傳達一份歲末之驚與深深感謝——永遠的人民褓姆。

「披星戴月，櫛風沐雨，層層把關，滴水不露。」因為，最近要完成換屋交屋簽約程序，在增貸款尚未到位之前，必須要有龐大頭期款方能簽約完成。感謝天地間的善菩薩——921以來一直陪伴、關懷情的寶珠師姐和一輩子的朋友艾伶小姐賢伉儷等…，大義驚人的先借款。轉帳時，因金額過於龐大，引起新莊龍鳳郵局行員及高層關注，並驚動雙鳳派出所陳姓警員前往郵局關心。唯恐師姐是被詐騙集團綁架，遂透過多方管道查證無虞後，終於放行圓滿順利入帳。瞬間覺得，頭頂藍天處處詩篇，足踩青蔥我遇見春。

感動關鍵時刻，警網的嚴格過濾把關，保護善良無辜百姓於隨時，讓猖狂詐欺之徒無所遁形、杜絕於天地。更感動的是，查證過程的行員或警員態度都客氣有禮，很專業的重點問話，讓心虛者卻步，讓理直者昂首。

滴水之恩，泉湧以報。因朋友的相助，成就非凡；因相關單位的警覺性夠高，合作無間，保護手無寸鐵，成就一個有溫度的城市，讓地球村處處溫暖動人、美得奔放。謝謝有你們，辛苦了！

三人行必有我師。默默耕耘的文學領域，超感謝上蒼把注諸多菩薩神支援，有：繕打菩薩紹華、素華；有校對眼菩薩韻嵐、明道；有永遠的菩薩——靜芬、至中、秋香、勤香、素霞……，在不同領域的分享寶貴意見，凡此點點都是成就一本書的湧泉，感謝有你們的給力。還有，法律顧問江雁希律師的永恆眷顧情，普林特精質編纂風，夢幻中有藍天，質感中見豪華。有了你們，就像天天擁有頭等艙般的高品優質享受，白雲雖高臥……，世代有知音……。

品一、春花秋月——

春若有情花不去　秋若無情不中秋

小荷巧兮

晨起——
小荷才露尖尖角，蜻蜓早已立上頭。
彷若——
含苞待放一少女，幾分青澀幾分巧，
池面風來波瀲灩，多少慕名皆曰巧，
揚著青春揚著帆，兀自堅貞兀自巧，
婷婷玉立葉半遮，珍珠覆面落個巧。
忍過黑暗見破曉。

無竹令人俗；蓮荷令人雅。

天天天藍

海鷗、沙灘、浪花⋯⋯。
　　教我不想他也難。
問雨天，小湖低唱滿池淚；
問晴天，白雲舒捲吞吐累。
我的小親親啊！
天若有情天亦老，
生命總有寂滅時。
千萬別想太多，
人生終究一場夢。

望穿秋水一場空。

茶與傻

（一）半壺清茶半天傻，
不問世事不問啥，
籬前颳起海灘沙，
浪花堆起漁網撒，
海天秋雨十月灑，
脾氣升起貴在煞，
留點空白裝點傻。

（二）一日清閒一日仙，
置身陌柳山水間，
拋開緊繃煩惱弦，
我把青春放慢點，
輕輕拂去塵二肩，
綠肥紅瘦迎夏天，
賺得一日賽神仙。

一杯清茶看人間，難得糊塗賽神仙。

慢工出巧匠

成功非偶然，養精蓄銳在晨昏。
遍地梅開，必須忍過一寒冬；
打一把刀，也得熬過一爐火；
樹海蔽天，亦需累數十寒暑。

天底下絕無不勞而獲事，種瓜得瓜種豆得豆。
慢工出巧匠。劍打梨花是僥倖，花拳繡腿不久長。
欲速則不達。勤能補拙，刻苦自勵，熟能生巧。
誠如——修口修心勝過萬兩黃金，多花點時間造口德。
毀滅一個人，只要一句話；
培植一個人，卻要千把話。

細雨涓滴可成河，千年風沙點滴成。

飛快的年代；勾勒慢的美學。

千里孤獨

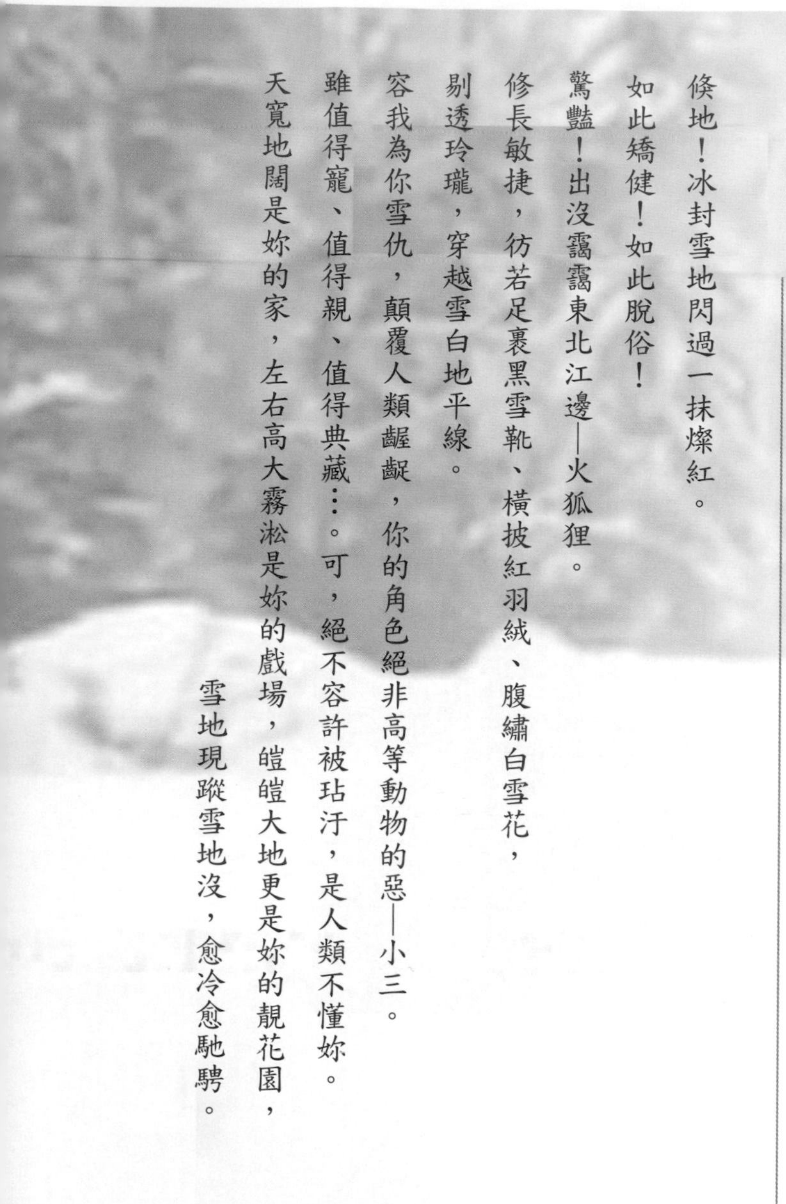

倏地！冰封雪地閃過一抹燦紅。

如此矯健！如此脫俗！

驚豔！出沒靄靄東北江邊—火狐狸。

修長敏捷，彷若足裹黑雪靴、橫披紅羽絨、腹繡白雪花，

剔透玲瓏，穿越雪白地平線。

容我為你雪仇，顛覆人類齷齪，你的角色絕非高等動物的惡—小三。

雖值得寵、值得親、值得典藏⋯⋯。可，絕不容許被玷汙，是人類不懂妳。

天寬地闊是妳的家，左右高大霧淞是妳的戲場，皚皚大地更是妳的靚花園，

雪地現蹤雪地沒，愈冷愈馳騁。

丰姿綽約探天地，如含苞少女待初綻，匍匐前進尋覓食，
如驚弓之鳥膽怯羞，人見人愛想抱抱。
潔白是妳的靈，輕巧是妳的魂。
千里孤獨為等待，
無盡守候終不悔。

雪中之珠！

不知春

身揹一樂器，彈山彈水彈顛倒——人人稱之——偽仙。

桃花樹下戲桃花，
洗沐春光唱一二，
往來豎耳仔細聆，
雜亂無章莫可名，
頤指氣使怪人稀。

仔細觀來——
卿本佳人，奈何！桃花本色無高度，怎麼也彈不出好音頻。
原來——
醉娘之意不在酒！擾亂紅塵不知春！

聽説春也無奈！因爲寂寞。

燈亮。有餅

燈亮，開張；燈滅，打烊。

紅塵路上，人人需要有明燈貴人來指引。

一位北方姑娘，帶著滿身文武，隻身跨海掌燈，自力更生—拿手絕活蔥油餅。

位處地段迷人松山路，每逢假日，人潮必定長龍伺候。名揚千里，有口皆碑，凡路過必停留，買它個千萬別錯過。

一年復一年⋯，

燈亮—象徵日出、希望，也是眾人心中一盞燈。

是景氣、是都更⋯。不知何時，滅寂時光隧道。

消失的是店面，留下的是—令人永難忘懷閃亮招牌。

它，雖曾經輝煌，如今仍輝煌扣人心。

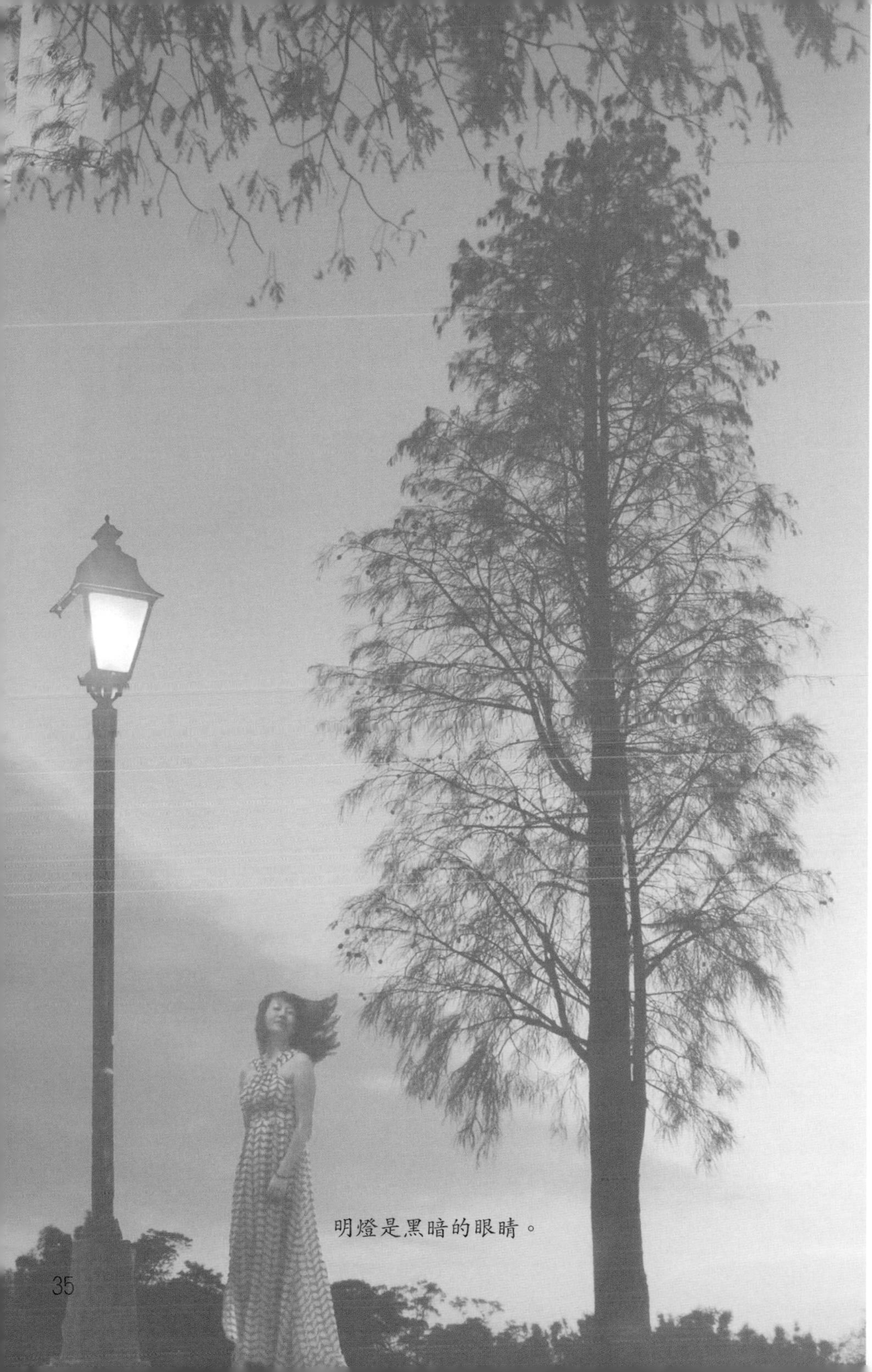

明燈是黑暗的眼睛。

恨幾回

留不住還依依，最是難忍——
抽刀斷水水更流。

橫豎揮劍斬情絲，
情傷莫倚紅樓亭，
多少往事恨幾回，
寸寸柔腸滾滾淚，
笙歌散盡自然醒。
天涯地角有窮時，唯有相思無盡處。

手摘一朵雲，不如斬斷一段情。

料得海棠 年年俏

海棠。

漾比牡丹映日月，

款款深情綻天地。

長於溪邊、山谷中，常見公園、里鄰巷道旁，

看似多嬌嫵媚不做作，養成容易也親和。

猶似鄰家一少女—楚楚動人好出眾。

趁—晴空萬里入原鄉，或黃、或粉、或紅…，

我存一片冰心觀海棠。

海棠默默，處處爭豔。

雁問？

賞煙霞…望故鄉…。
眺望大海一隻雁，
孤雅飄渺站水尖，
天寒地凍不畏寒，
望天望水望春秋，
萬里江山天作岸。
問蒼天—
物換星移幾時休？
天問我—
無冬無夏幾時閒？

爲賦新辭強說愁

有人月俸十萬元，高度不到100元；
有人志工一輩子，胸襟卻是比山高。

她像鎂光燈前一隻蛙，只為上者嘶吼、瘋狂，視下皆芻狗恁砍殺，
滿身潮牌、潮包⋯，看似摩登，心似老舊佈滿蛛網廢棄屋一幢。

贏在音量，輸在心量，於是，被看破手腳不意外。
成天懷抱琵琶彈哀戚，為賦新辭強說愁，賣的是俗氣。
於她身上捕捉不到職場獨特氣質，只嗅聞濃濃銅臭味。
智慧無價，可惜，她輸給了100元。

知足，來自心靈富裕。

打工丫嬤

一位超級美麗的打工丫嬤—雯善。

退而不休，走遍大江南北，
時而娘家花蓮、時而夫家士林、時而女兒家林口…，
回家像住旅店，席不暇暖即趕往下一站，來來去去展身手。
身兼多重角色，就像一粒星星，走到哪放亮到哪！
謙稱自己就像一位快樂打工丫嬤。
是好女兒、好太太也是好母親，
笑容是她永不褪色的溫柔。

人因忙碌而優雅。

不疲也不累，唯一力量—愛無悔。

擁妻賢德，最佳選擇。

我・翠竹・母愛…

我心　很狹隘
只為文字寬廣
翠竹　滿山谷
只為君子長青
遠山　很蒼白
只為懂山者容
孔雀　東南飛
只為真情回眸

母愛　靜靜開
只為兒女芬芳

生命戰酒

生命像戰酒，衝鋒陷陣，為明日而飲，為飢寒拼命，為凱旋而醉。

紅塵之路——不怕路遙，就怕志短。

一程又一程，披荊斬棘，堅忍不拔，採擷零星碩果，無論多坎坷，
　望前方——為明日開拓一條康莊大道，祝福自己未來一路暢通。

歲月，彌平一生轟轟烈烈。

知足，定調每人不一風光。

生命，是上帝的恰巧。

品一、春花秋月——

皇后の眼淚

冷靜沉著人稱好，
坐擁高處知己少。
群坐古井不寂寞，
一粒兩粒賽珍珠，
一滴兩滴皇后淚，
粒粒晶瑩粒粒Q，
風風火火掃千軍。

它是時尚飲品——
設計師的創意——
號稱天下第一手搖飲「黑糖珍珠奶茶」。

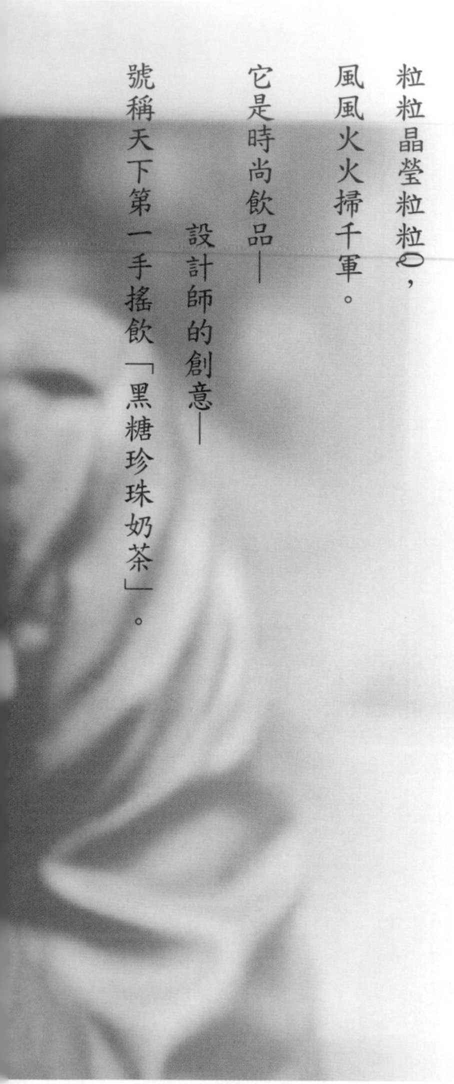

尊貴。因爲妳值得。

品二、風雨在天——

風雨邂逅在雲天　努力耕耘在人間　風也好　雨也好　忍看人生皆美好

秋楓 春風 爭道喜

文官叢林灑芬芳。

他—像極紅塵大酒桶，裝大智也裝糊塗，

半醉半醒腹撐船，亦顛亦狂乾坤斷。

公務一翹楚、營建一顆星，幾度臨危受命，雙肩扛起眉不皺。

水裡來火裡去，哪邊有難哪邊救，

飛天鑽地，是徹地鼠也是翻江魚。

身懷絕技不露相，醒時似醉醉亦醒，真真假假一濟顛，裝瘋賣傻看人間。

是礦堆中一粒鑽、也是職場一條龍。

終於，賢者不寂寞，以挾飛龍之姿，勇登高峰摘星月。

青雲直上，祝賀聲不斷，秋楓春風爭道喜！

隻手托天。

紅酒の哀愁

若為真情，何必是歡場！
一瓶紅酒笑看飲食男女貪嗔癡。
你兄我妹純做戲，遇著利害關係爭搶杯，酒醒如風雲淡輕。
一曲艷紅時猶唱，
燈紅酒綠人來瘋，
各自盤算顯神通，
左擁右抱手不空，
女人小人爭相寵，
紅酒下肚醒來仇。
嘆！酒肉朋友非真友。

遇不到知音，哀怨。

敬酒罰酒

身處公門莫貪杯，敬酒罰酒都藉口。

酒場看人性—

男人運酒如運槳，

稍不留神海中天；

女人酗酒如養蛇，

一不小心被蛇吻。

怡情養性在小酌—培品。

牛飲豪飲最是笨—傷身。

一起乾掉多惱河的水吧！

品二、風雨在天——

雲蒸霞海

我看山有多恬靜，我心就有多恬靜，
我看海有多遼闊，我心就有多遼闊。
城市喧囂聽不到我內心底平靜，
城市圍籬構不到我內心底遼闊。
於是，我走出瓦蓋以外——
聆賞雲蒸霞海。
找尋屬於我內心的平靜與寬廣。

平靜。寬廣。。。

漁唱

這江唱完那江唱—
一江舟子競雲仙。

扁舟破曉雲霧間，
一家幸福繫兩肩，
風狂雨驟不畏艱，
偶然海鷗頂上天，
山山水水數漁仙，
撒網收網皆詩篇，
歸來必定日落天。

—海上歲月雖苦不苦
問蒼天！

坐看晚霞！

品二、風雨在天——

年少不輕狂

俐優淳厚一曼妙。

年少不輕狂——

亦土亦木亦芬芳，

非凡超群質脫穎，

謙沖有禮顯大氣，

世代傳承土木人。

猶似出水芙蓉不漫塘，

亦如竹節有序分寸守。

好個職場強棒香奈兒！

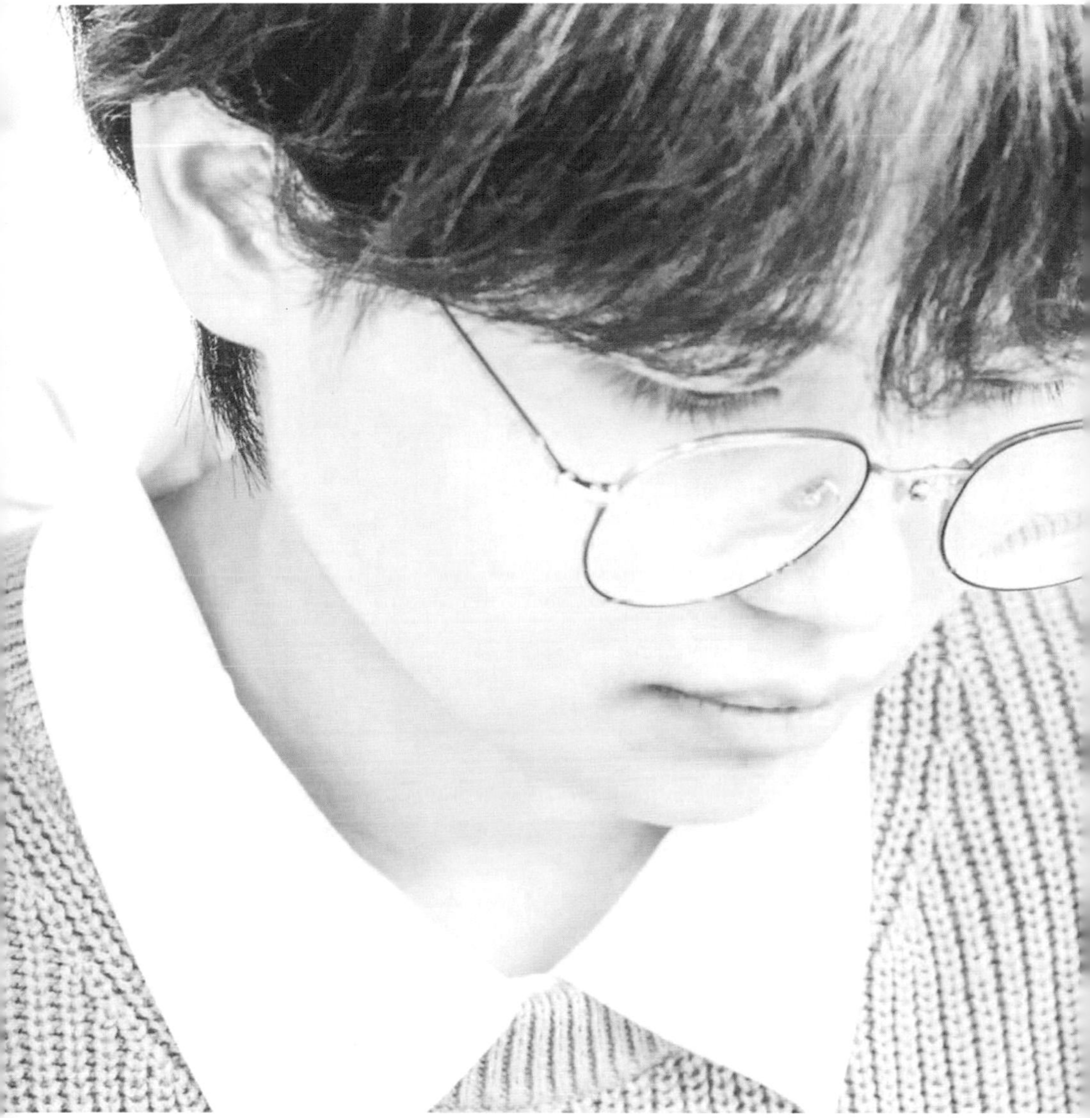

想找一位，肯爲我摘下星星的好男兒。

分數

分數。可以是春花三月香，可以是寒梅冷十二。
城市叢林—期盼正義之筆揚芬芳。
那是受考人與考打者的一種心靈默契。
職場伸展台上—
分數，
不只是符號，更是一支秤、度量彼此的道德與良心。
賞罰分明。有時，一分、二分之差，可比天堂地獄的黑與白。
讓努力耕耘者不哭泣、讓拍馬逢迎立滾離。
且舀一池天地正氣，

潤沃職場處處有活水。

讓——地球村常飄香不是夢。

一支筆寫春秋。

愛。漂泊

愛，何需框架？
　　更不需山盟海誓！
夫妻只要同心，走東走西何處不是幸福小棧？
暑假期間，一台露營車搞定全家大小，
　　　　走遍千山萬水看天下。
麻雀雖小，
鍋、碗、瓢、盆、水、電器、抱枕、迷你冰箱．．．樣樣齊，
餐餐有味餐餐香。
倚山望海望青天、望大犬兒、也望小犬兒們嘻笑逐沙灘—
　　飯後黃昏底下，一壺美式進場，

除了雪白浪花鬧喧騰，更有那——
點點歸燕千里趕來湊一腳，
走到山海處哪有不談山與海！
悄悄地——幸福滋味霸山海。
那是夕陽底下——愛的語言千千萬。

兩袖清風　煙霞遠

無就是有。
他—在有形的辦公環境展現空無之美。
職場惟我做優雅，
不教冗事上心頭，
舉目幾人懂閒雲，
江上點點是野鶴。
一身傲骨，豈能被花花草草羈絆住？
滿城風華，笑看眾人皆濁我獨清。

兩袖清風煙霞遠，
除卻巫山不是雲。

品二、風雨在天—

美麗の棋子

醉擁一枝筆—
寫著別人愛與恨，
醉擁一枝筆—
鏤刻別人淚與歡。
最是經典—
寫不盡紅塵男女，分分合合、花開花謝。
最是無奈—
留不住自己的美麗與哀愁。
嘆！人間有苦，嘆！歲月凌厲…，
細細回顧—
原來，每人都是老天爺手中一步棋，
萬物無非替祂圓夢、演繹，各有角色，歸去交差評比。
來去一回，人人皆是祂眼下一粒美麗の棋子。

讚美蒼天！你眞是美麗的神之手。

不讓鬚眉

紅塵有愛，喜見遍地提燈人—

颯爽英姿一飛鳳，
不讓鬚眉女兒身，
滿腔熱血酬天地，
允文允武扶弱勢，
服務桑梓社區福。

她—惠珠

是上帝灑下的一粒珠，照亮寰宇照鄉心。

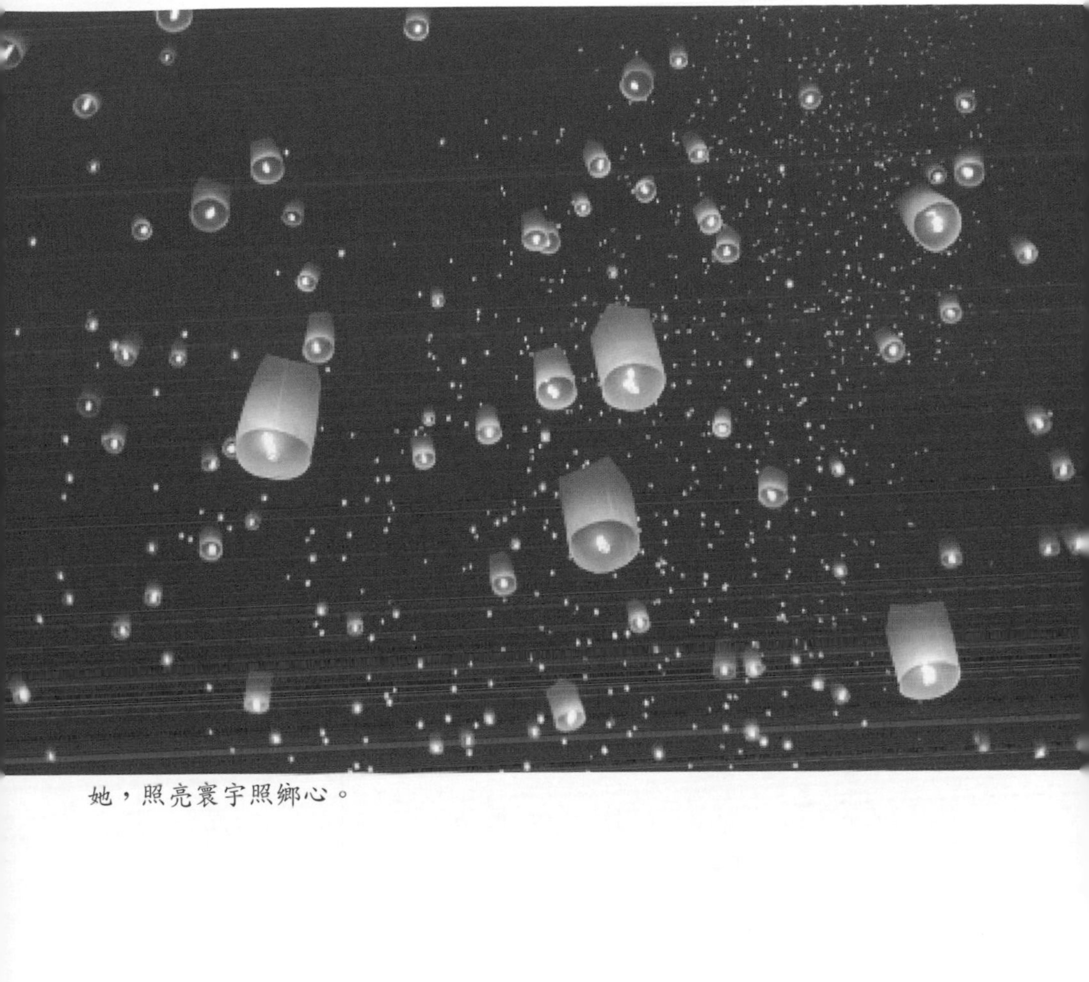

她，照亮寰宇照鄉心。

品二、風雨在天——

永遠的輸家

人生這齣戲，母親是永遠的輸家。
憂的不是白髮，而是感嘆長大後孩子心裡——
　　永遠沒有預留母親的位置。
女人的一生，懵懵懂懂闖入婚姻路，憂喜參半下半輩。
從此，投入柴米油鹽、侍候公婆…等行業，
　　恪遵三從四德，無怨無悔，昏天暗地，從此，丟了自己。
悠悠歲月——
忙碌中，喜迎孩子誕生，接二連三。不覺中，付出青春，添了白髮。
二十年後——

孩子羽翼豐碩了、戀愛了、成就了，眼中只有老婆，老媽只是個不體面貼布一塊。
再或者出國了，大部分就像青春鳥兒一去不復返。
人生減法定律中，母親是個永遠──望著兒女背影而滿足的傷心人。
萬一不小心失了婚，更是折兵損將，全盤皆輸，唯一賺到孤單與淚水。

尋尋覓覓總是愛。

找回十七歲那一年

已然醉在不言中---。

她，在幾番風雨起伏、事業有成後--

　享受著淡海叢林之家細說美。

夕陽下，

身陷陽台夢幻海灘椅，讓花花草草環伺其中，

遠眺新市重劃區，前方空曠高樓及霞光萬丈台灣海峽…，

微風徐徐—

乍暖還寒，一襲鵝黃，襯著品味珠奶，閱讀山水…，

彷彿找回17歲那一年---

　情竇初開，欲語還休…。

幸福的一角。

頑石與寶石

繁華三千，取捨談笑間。

頑石寶石，爭輝山水間。

寶石如燦，卻照斜陽煙雨，

　含情脈脈，忍辱映星月，

　　行到水窮處，坐看雲起時，喜迎晨曦，千年不墜；

頑石點頭，千金不換日月朗，

　偏偏她寧可頑強一輩子，長住颱風眼的家，自鳴得意、

　　不思精進、不思退轉，活在自我的象牙塔，多疑專斷，

　　　與陽光隔絕，終於閉鎖，教世界忘了她。

然後，飛灰煙滅。

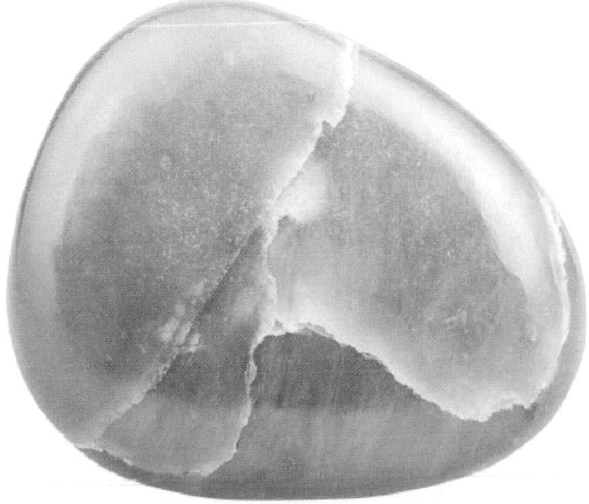

頑石寶石一線間。

泣血杜鵑

2021武陵那場雪，心碎。
—卻將眶淚滴成霜。

那一夜—
妳的揚長而去・是我的無解。
倒掉三公升眼淚，
裡外歸零，重新出發。
零下公車站，天寒地凍，無語櫻花，飛飛瑞雪…，
暖陽微綻。雪在融、心在抖，猶似子規泣血—聲聲歸！

無意間觸動舌尖上的溫柔，一杯很C的深度飲，
也是當日心情加溫，
那是濃得化不開、夜來夢碎的紅情人——蕃茄汁的關懷。

夜來夢碎的紅情人，酸啊！

品三、如如不動——

風雨如晦　寫忠貞二字

縱遇濁流　築穩定如山心潭一座

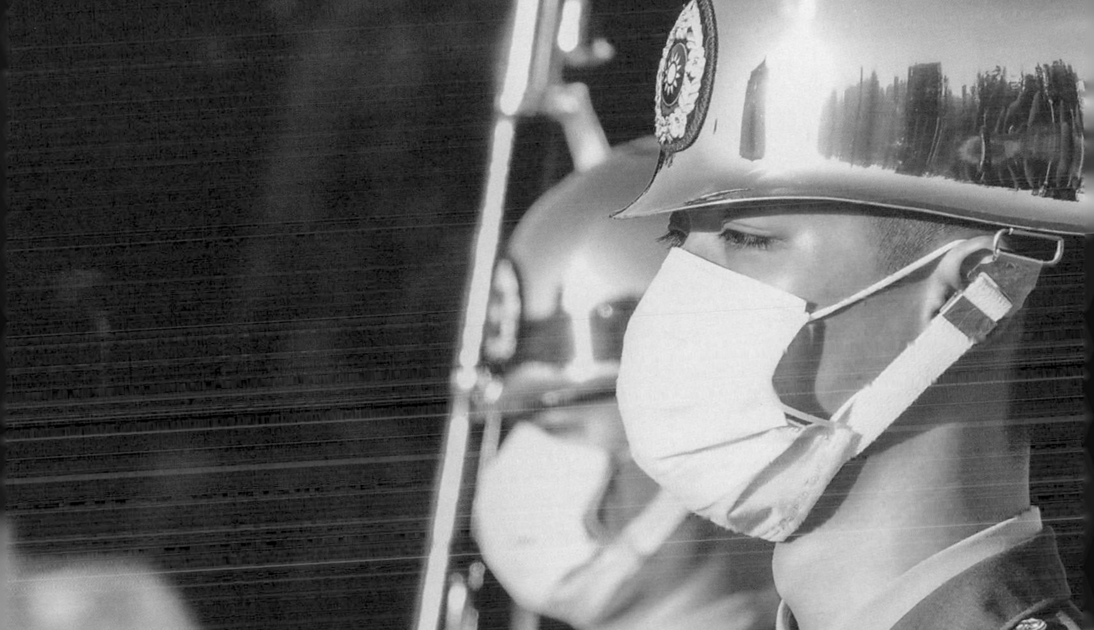

今年元月時

舊淚
依依行濕
燈相水兩冷春
與如倆月腸秋款衫
月共景經秋柔淚二添袖
▶嘆相景曾花斷垂歲不舞◀
今年即前春寸兒今長人
年宵花寐人月歲年
元下不舊著去
月空見見
時不

今嘆月！

愛的傷口

母年一百歲，常憂八十兒。

「當時，妳可以選擇離開啊！討啥人情？」那麼重的一句話，就像一把大刀直挺挺硬插入母親胸膛。只見兩行淚模糊了慈母兩鬢蒼白……。

她，失婚後，含辛茹苦拉拔三位兒女長大。有一天，高成就的兒子竟對她莫名飆吼……。只因一句擔心自己不知未來是否能老得其所？惹兒不開心。

母親的心似豆腐啊！哪堪做兒子的如此重創！

花草來自土泥；沒有母親，哪來的你？飲水當思源，羔羊尚且知跪乳。你，竟輸給一隻四條腿的動物。

疼子不求報，命盡始分離。兒子之所以能平步青雲終至摘星，當思——是一直有雙母親的推手在背後默默加持，為你扛天扛地擋風擋雨，然後出人頭地，更該思感恩回報。

有人說：當不了全孝之人，至少不忤逆！

傷父母心的每句話，句句算數，老天記錄著，因果自己扛。

母愛涓滴！

歲月無聲一把刀

且教繁華換瞬間。

何必長吁！

歲月無聲一把刀，
雨橫風狂斷柳條，
瞇望黃昏燕雙飛，
獨自淒涼獨自悲，
空有風情三月春。

也罷！

歲月彷似秋風秋雨掃幾回，日日加深日日悔，
惟有親情如照彩雲飛。

我看歲月靜寂。

一綑稻一世人

人生笑笑七分苦，
紅塵苦苦三分甜。

一惡緣一輩子，
一畝田一甲子，
一花鳥一世界，
一關懷一生情，
一綑稻一世人。

匆匆行腳為前程，
苦苦笑笑說紅塵。

昏暗鄉關，明月來引路，
寄把相思與月知——共情苦。

清脆與姑息

莫讓不當沉默成罪惡，
勿以別人傷痛而漠視。

鳥鳴之所以林間清脆，
因山中有靜，所以悅耳；
惡人之所以猖狂囂張，
乃因有權者縱容、姑息，所以亂象叢生。

不以規矩不成方圓——
人乃動物習性，本該有強力制約管束加以框架禮義廉恥，
方得以運作軌道內，安分有序。
且學學鳥羽自重自愛，翱翔美麗寰宇好典範。

因爲無私，所以輕盈。

品三、如如不動——

幸福の味道

醉在濃濃初夏——

何謂幸福の味道？
綠蔭樹下舞一曲晨光，
異鄉晨起啃一粒家鄉饅頭，
偶來烹煮一盤自家栽種青蔬，
浴火重生後，來壺茶煮咖啡，香氣繚繞⋯，
傍晚時分，洗去一身疲憊，一家人同餐共語。
最是難忘，母親節前夕，
好友廖老師賢伉儷贈上二本珍貴"生"巧克力，並邀同享水果蛋糕，那入口即化不甜不膩，教人陶醉更思親想掉淚⋯⋯。

緬懷母親之餘——

有幸搭乘她夫妻倆幸福列車，亮點滿分，感動滿滿！

品三、如如不動—

美哉！良心

最是不凡—人傷我痛大悲心，尤其—領眾者。

她，擁有多家公司行號，眾多員工，愛民如子，以德服人。

上下一條心，榮辱與共。凡員工受批評，她心痛如絞，感同身受。

匹夫無罪，懷璧其罪—

其中，一位勤勉員工，貌不驚人且年長，於上班時間常受住戶嫌棄：

體味太重！於是，為保他一口飯，並得人疼，她以老闆之姿霸氣打扮他。

首先，為他準備四套保全制服，以備隨時更換，再則致贈沐浴香精，

讓他常保芬芳⋯，免遭人嫌—猶如母愛深深、朝夕期許。

不禁令人想起一首台語老歌，可愛的馬——

你愛乖乖聽人話，不通流珠淚，你若聽人話，人總會疼惜你……。

行筆至此，不禁潸然淚下。

放眼，哪位老闆不是以賺錢為優先？住戶不滿意，先開鍘再說。

感動！她並不因有了身分有了財，而忘了人類初心與厚道，

仍然留下他，展現的是老闆的大氣，也保有了員工的尊嚴。雙贏！

美哉！良心。

朝夕期許。

同島一命

同島一命，風雨同舟，乘風破浪曙光現。
祈祝地球村平安度過五月下半場後疫情，那是一場血染的驚恐。

茫茫人海，載沉載浮，甘願做歡喜受。
領航家—扛天下大責，必須忍辱負重，
　　捨棄多少繁華伴寂寞。
付出的同時，放下小我真智慧，衣帶漸寬終不悔。
功過，歷史自會有公斷，而非以哀兵姿態討拍拍。
真精彩，掌聲不斷水長流。
風雨過後，

十里靜寂，是為春風頻吹奏凱旋！
謝天謝地謝自己！當然也謝謝你！

堅持

風華，來自堅持；堅持，來自本心。

他是一位攝影師，
為窺得荷田一夜綻風流，
可以幾天幾夜守候池邊，就等它一年一回的花開怒放；
他也是一位愛鳥協會老師，
為捕捉鳥媽媽日夜來回奔忙、巢中口對口餵食雛鳥的鏡頭，
可以徹夜不寐，拍下珍貴，傳達母愛情深；
他更是一位美食鑑賞達人，
為一償宿願，讓美食零瑕疵，並忠於四面八方來客，

嗅覺和視力是他永遠的維護、也是精準的良心把關。

……夜飲一壺東坡酒，醒來已破曉。

感謝蒼天！夢已圓。

並請成全他另個夢！哪天能上月球牧牛羊、蓋華廈。

哈！做夢無罪。

解釋：何必

解釋春風笑，何必是官場？
　粗茶淡飯香，寒門孝子揚。

灼灼桃花曾經春，
軟枝粉蝶繞芳菲，
一池風來湖水皺，
二瓣三瓣粉嫩落，
滿城京華獨憔悴，
無盡榮寵盡付塵，
已然梢頭不見春。

去你的！傲慢與偏見。
海上風濤闊，扁舟好自持。

時光機

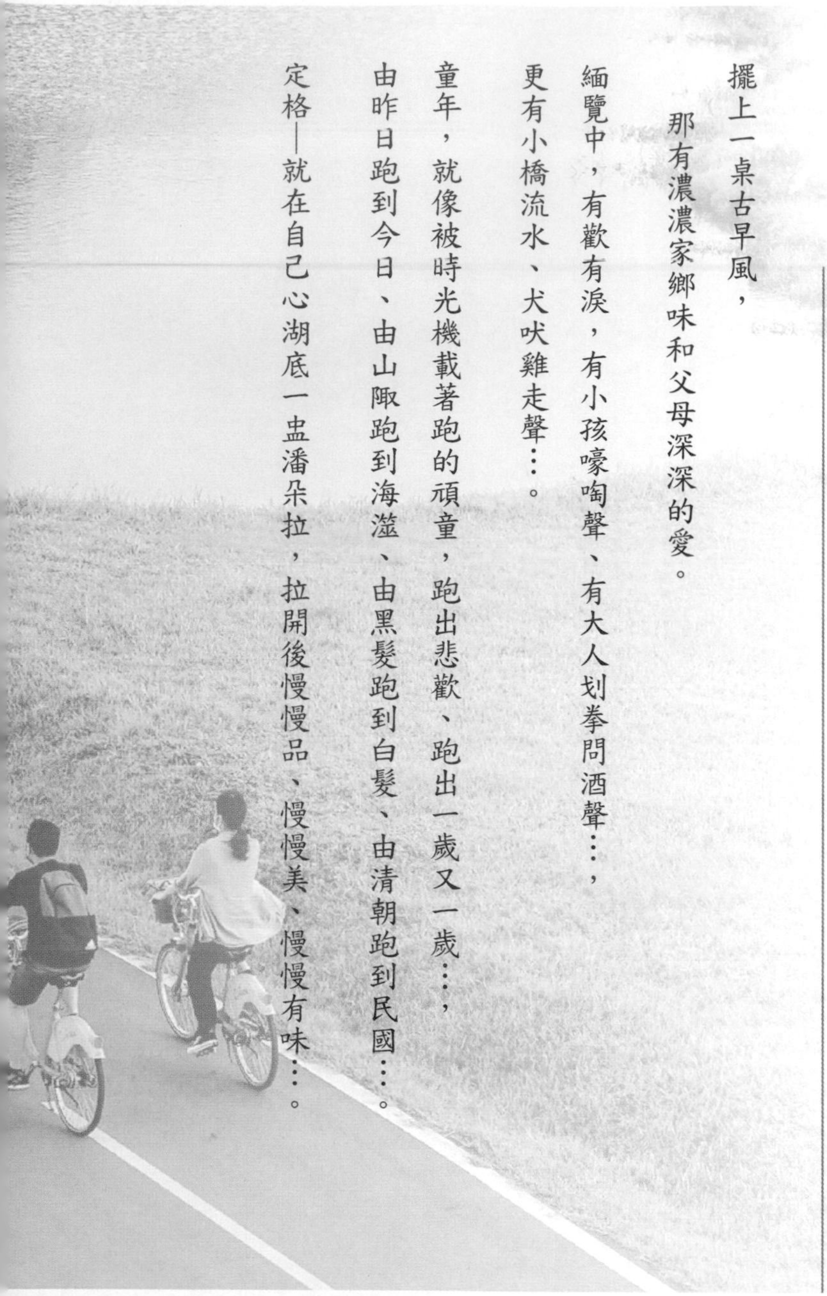

擺上一桌古早風，

那有濃濃家鄉味和父母深深的愛。

細覽中，有歡有淚，有小孩嚎啕聲、有大人划拳問酒聲…，

更有小橋流水、犬吠雞走聲…。

童年，就像被時光機載著跑的頑童，跑出悲歡、跑出一歲又一歲…，

由昨日跑到今日、由山陬跑到海澨、由黑髮跑到白髮、由清朝跑到民國…。

定格—就在自己心湖底一盅潘朵拉，拉開後慢慢品、慢慢美、慢慢有味…。

光陰，是人類的美麗與哀愁。

日月精華

成長，是一連串眼淚穿起的珍珠。
告訴自己——
幾番風雨，熙來攘往總是過客；
萬丈紅塵，風雨交加已是師，何須難過！
趁暇之餘，種一畝寬心園——
且學小草不卑不亢、拼命搖曳；
也學大樹不憂不懼、迎風而立。
無論高矮大小，吸取的同是日月精華，何必氣焰高張！
說真格的，妳永遠摘不到星星、攀不到月亮，
落日也不可能入妳懷，常人畢竟不是仙，平凡便是美。
看！星月日在笑妳多情呢！

天寬地闊，我似蟻。

夢裡駝鈴聲

今晚，
隔壁鄉風，沒有帶來妳的笑。

走過一江星和月，喜迎燦陽一片，
眸底黃昏，沉潛一晚，瞬間黎明，
歷經低谷迂迴，迎接青蔥翠綠，
手握凋零楓葉，轉眼嫣紅滿庭。

馳騁野地風光，燃一盞油燈、煮一壺高山，想從前……，
最是慕戀—懷想故鄉的駝鈴聲、妳的輕笑。
戚戚然，彷彿憂傷！
飄飄然，彷彿昨日！

風沙千年。

人生喜宴

若我是隻鵜，陪你沐愛河；
若我是陣風，天涯陪你瘋；
若我是根杖，伴你走一段。
詩人說：若我是一縷光，必定照亮最孤單底靈魂，
　　讓他去完成天賦使命，然後脫穎，送出熱和光。

鵜也罷！
風也罷！
光也行！
夜裡，醉看星宇灑花，處處繁星點點；
白晝，也看竹仔風搖，百花疊翠飄香。

黑暗已過去，陰霾也將被拋，準備迎接下半場人生喜宴吧！

歐耶！

若我是一隻鵝，願陪你沐愛河。

品三、如如不動——

藍色的憂鬱

芳草萋萋碧雲天。

天空是一種理不清的顏色，

剪不斷理還亂。

藍色是落寞，灰色是憂鬱。

雲河蔚藍照滾滾——

有海的堅持，潮來潮往知進退，

有年輕人的夢，一口一口酸澀甜苦青春夢，深深底纏綿。

那是——檸檬愛玉初體驗。

品四、天寬地闊——

一生坦蕩天地間　磊落光明恁我行

時窮節乃見

後一
昏雨初一
黃晨大勝第垂
約別展沱圓品簾丹
人台辭姿滂月窮朱牡青
▶映樓綠英情五人愛種天◀
月得罩眉風十巷自人見
上衫畫稠分陋寸乃
柳尖牛秋門節
梢橋序窮
頭時

疾風知勁草。

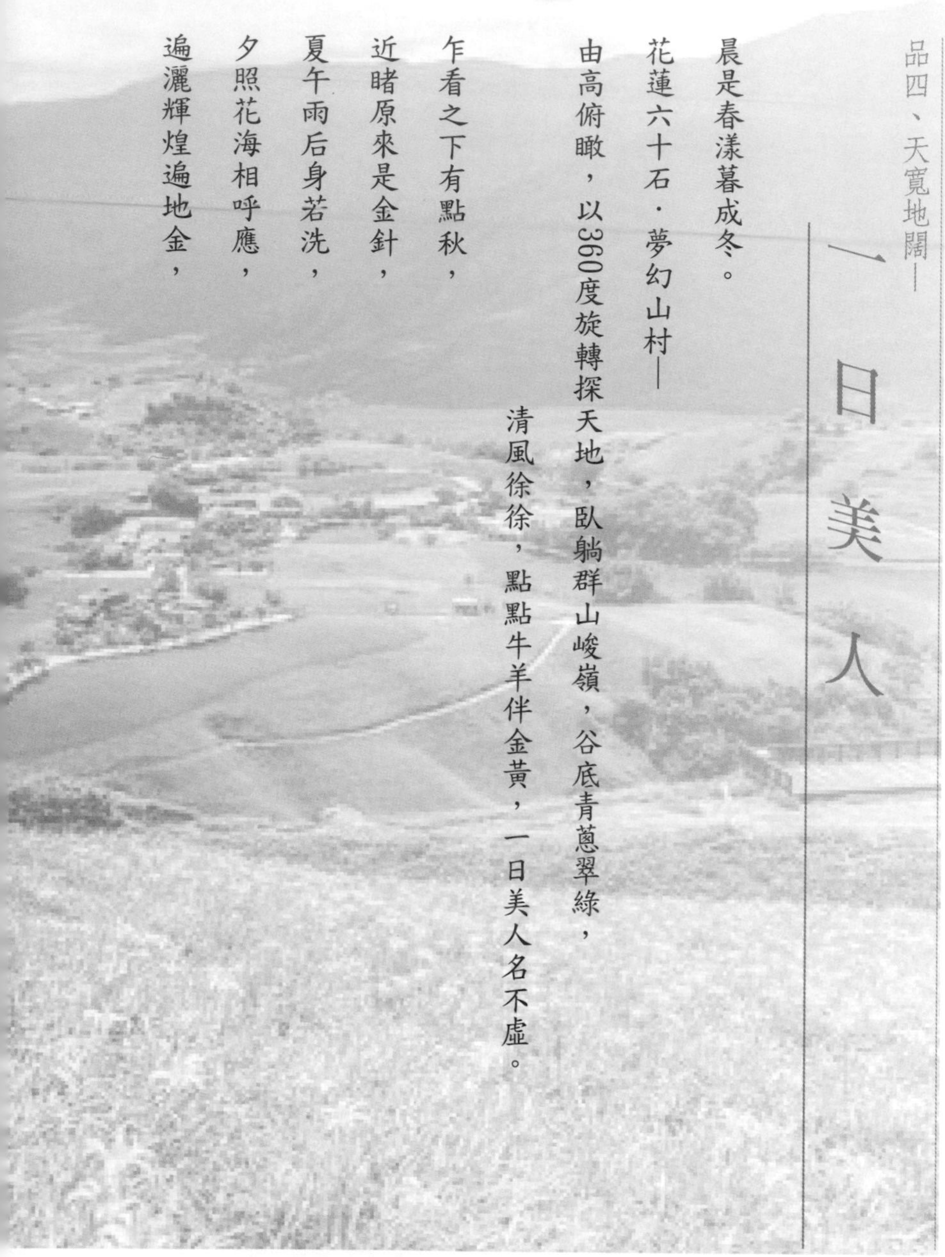

一日美人

晨是春漾暮成冬。

花蓮六十石・夢幻山村——

由高俯瞰，以360度旋轉探天地，臥躺群山峻嶺，谷底青蔥翠綠，

清風徐徐，點點牛羊伴金黃，一日美人名不虛。

乍看之下有點秋，

近睹原來是金針，

夏午雨后身若洗，

夕照花海相呼應，

遍灑輝煌遍地金，

晚來相偕一起醉。

詠讚妳！池上美人。

那是——花東縱谷一驚艷！

又見峨嵋

又見峨嵋山外山—

閒情釣盡海天寬，坐送黃昏，
卻看羊腸九折路，展讀山水，
蓬萊仙境輕煙漫，遙想小喬，
置身異鄉海面闊，彷彿夢鄉。
寄把相思送故鄉—換悲涼！

流水啊！寄把相思送故鄉。

未聞……先有

夢月—

隱約遙峰望故鄉。

未聞蟬影先有聲，
群燕來去秋風閣，
昨夜望穿小樓前，
曙光送走秦淮月，
遍地楓紅遍地秋。
萬里楓情一秋心—望鄉愁。

老頑童

她，102歲活出十八歲，
　天地彷若她的畫布，恁她彩繪。

挑柴打水樣樣來，穿針引線自個來，
逗犬追鴨逐破曉，人笑鴨笑天地笑，
健步如飛阡陌田，足踩三寸年又年，
鶴髮童顏腦清晰，心頭暢流如小溪，
善良快樂長壽秘，顛覆年齡世紀女。

笑吧！笑出歲月波濤一層層，忘掉千里艱辛雲和月！

老，是一種享受！

別了我的愛——咖啡

思念，恰似冷夜孤寂傳飄香！
何以解憂？一杯濃郁咖啡綻風流。
何事回眸？也是一杯咖啡萬縷情，不想揮手還眷戀，幾度來回！
愛上層樓撫玉顏，百聞其香不厭倦，
留雲借月星作梯，淺嚐輕品曾經醉。
如今，因一場疾風驟雨，逼不得已，必須送走咖啡裊裊我的愛！
咖啡啊！咖啡！夜深人靜，惟我懂你芳心寂寞知己寥。
月圓時分，獨倚窗櫺尋芳蹤，
一杯思念滿城愁！淚送！

橋

一橋觀人品——

橋上橋下有風光，看穿洞穿不拆穿。

飲水思源上等人，
過河拆橋下等人。
高大竹群常低頭，百花嬌翠自土泥。

萬丈紅塵——
上等人，高潔出眾揚千里；
下等人，你爭我奪刀劍裡。
唉！以為妳應是鳳凰展翅萬里天，卻是麻雀跛腳舉步艱。
罷了！寧與君子打交道，不與群魔共亂舞。

生生不息！

品四、天寬地闊——

織——一件盛夏の雪衣

十年磨一劍。
夏谷傳來——
一聲驚！
雪花繽紛——
不是雪。
十年研發無人問，一舉成名天下知——花東果農研發團隊。
夏雪，兼容多樣驚奇：有金煌清甜、愛文美姿、更有土芒香氣。
是芒果界LV，也是花東果農之揚眉。
湛藍寰宇下，
織一件盛夏の雪衣，彤彩翩翩，送給全人類，讓世界看得到台灣果農之光！

水墨寄情

一筆優雅還天地。

水墨小品，簡單幾筆，氣韻生動，妙筆生花。
一雙巧手，巧上了天，巧上了眉，巧上了大地春回無限美——
第一撇，勾勒夕陽底下，釣翁簑笠垂釣一葉扁舟，
第二撇，情侶依偎，臨海觀濤半拱橋，衣袂飄飄，
……三、四撇又撇，南歸群燕，振翅回家路，歸心中帶有幾許憂傷。

深冬臘月，漫天飛雪——
點點寒梅枝頭顫，一點、二點……，昭告春已漸漸被燃點。

天地靜好，寫一幅相思贈歲月，

順境逆境，送份祝福予孤單老人。
並賀新春！

品四、天寬地闊—

小草

萬物皆良友。

青蔥翠綠靜靜展，
池塘水邊鄉間長，
野地盎然不知名，
點點綠意襯紅葉，
纔入都會影無蹤，
一身柔軟天地傲。
頻搖曳—不自憐猶昂首。

身段柔軟站天地。

心情白蘭地

心若靜風奈何
品若香自遠揚

哪管今夕是何夕？心無閒愁便是輕。
儘管塵事如麻，
往來如織，車潮如水，聚散匆匆，
我依然最想追求心靈一方靜，讓心駐足片刻，
讀青山、讀綠水、也讀白雲悠悠載我心。
如飲一盅好心情白蘭地，半醒半夢，
　　起舞弄清影，醉倒天地懷裡，硬把星月來當枕。
如癡如醉，醒來已三更，無風也無雨！

硬把星月來當枕。

品四、天寬地闊——

懷鄉

一處思鄉的老地方——柑仔店。

秋下，無意間來到二水偏鄉，抬頭右望階上深咖格柵老舊建築，拾級而上，今夕已非昨夕。

淺淺小溪，茂密叢林，包圍著一堆停下跳格子，望著來人皆好奇，怯生生的小小臉孔。

一票人隨著導覽坐下，老闆遞上每人一杯熱騰騰麵茶，搭配原鄉情濃。冷冷的秋，香氣四溢，瀰漫半山間，忍不住教人噙淚想從前。

這一刻，腦門裡，有小時候身著小卡其、赤足田埂上的印記。還有，一雙小腳不停踩著縫紉機、額前永遠綁著黑絲帶阿嬤的彩影……。

找不回的是昨日歲月飄香……。

童年時光，晃似昨日。

光陰十字架

白雲無語，勘破紅塵來去。

海的來回推移，就像我漲滿胸懷曾經底愛，撈不動的是回憶；

樹梢雀兒滿唱，也像我逝去底青春，蕩氣迴腸，曲曲茴香；

一畦一畦菜圃，就像戰場上壯士，前仆後繼，枯榮皆使命。

還有，講台上，臉上布滿網狀皺紋傳教士，彷彿穿越時空，

揹的是光陰十字架，也是黑與白的連通道，神聖無悔。

恁悲歡恁繽紛，不寐的是——流轉不停愛恨底輪迴……。

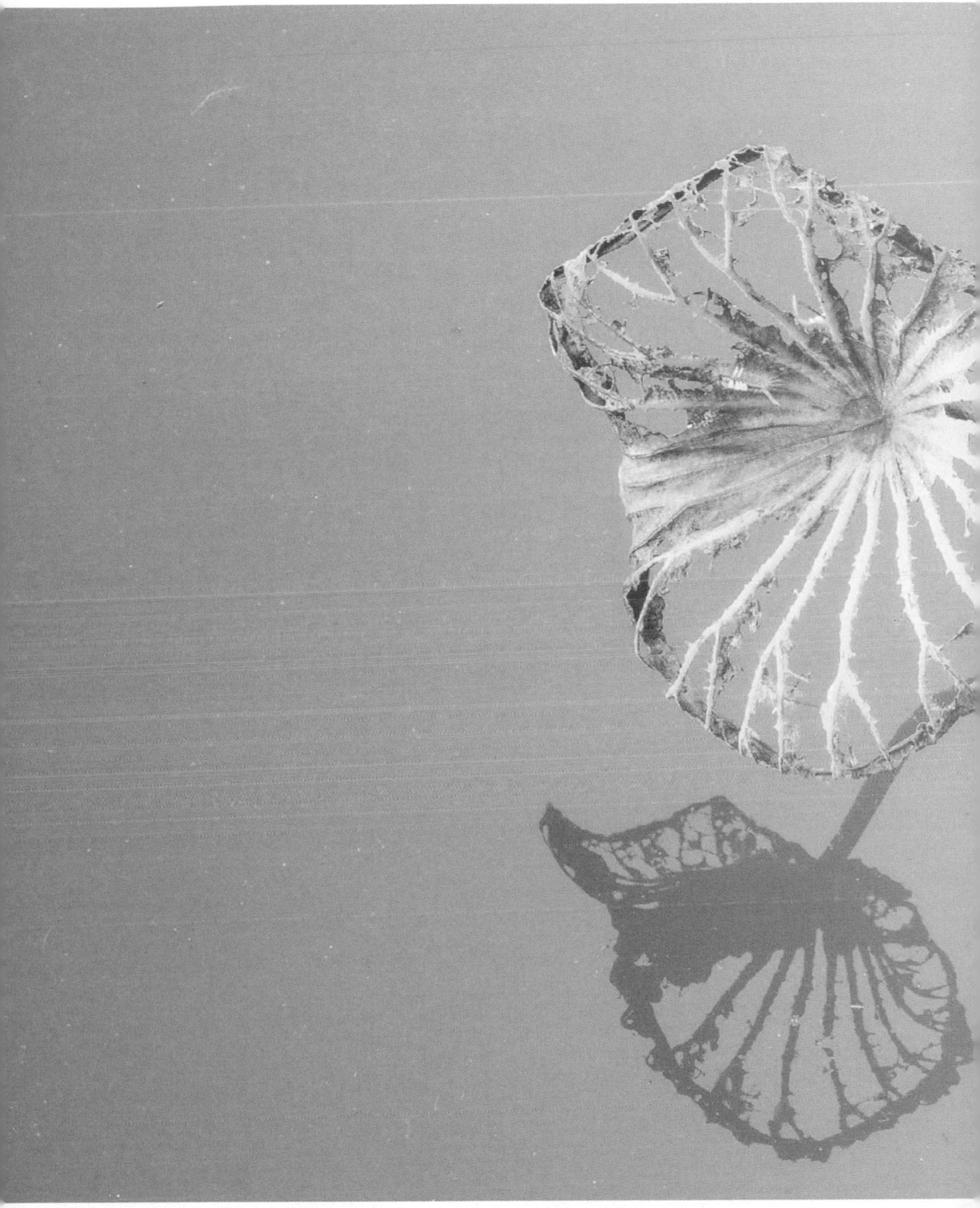

紅塵有愛—街燈

不比焰火美。無盡燃燒，只為永恆照亮夜歸人。
佇立黑黑底夜，靜靜發光，不為權貴摧眉折腰，
只為黑暗忠誠，為天地有情——
承受風吹雨打，忍受人來人往皆漠視，
星星、月亮、是遙遠冷冷相對望的朋友，
稍不留神，還會成為路邊狗狗宣示主權的好地標。
無怨與堅持，是月光下底風采，一夜又一夜，總在黎明後方歇腳。
默默站立，因為紅塵有愛。

 我驕傲，我佇立。

丹楓送爽

丹楓送爽，暢秋！

一場秋雨，迎來丹楓漾放滿江紅。

生命中的絕對，是它與天地間的深情有約，
紅塵中的必然，更是它與城鄉美麗底邂逅。

一片落葉一片情，猶似松柏揚忠貞、梅竹綻風骨，
也似孤航中一小帆，無畏風和雨，寒風中顯美麗。

夜來，露涼驚秋！

147　泊楓....。

品五、細水長流——

碧波萬頃　淵遠流長　萬丈紅塵　綿延不絕

品五、細水長流—

歲月明珠

夕陽無限好，
黃昏更是好。

她，是個近一世紀超齡寶寶，也是一粒被兒媳捧在掌心の歲月明珠。

說起話來—眉開眼笑，唇紅齒白、音頻宏寬、頭腦清晰，言語妙天下。

走遍大江南北，步履穩健，孱弱不弱、腿力靈活不輸年輕人，精神矍鑠，快樂分秒不減分。凡：比利時尿尿小童、淡水漁人碼頭…，處處有她走動足跡，於她身上—我展讀到心情是決定壽命長短之鑰，除了兒孫好成就外，賢德的好媳婦更是功不可沒。

生命誠可貴，
親情價更高。

她的人生，加加減減後，恰似一輪明月照花香——
圓滿又漂亮！

管他幾歲，健康平安萬萬歲。

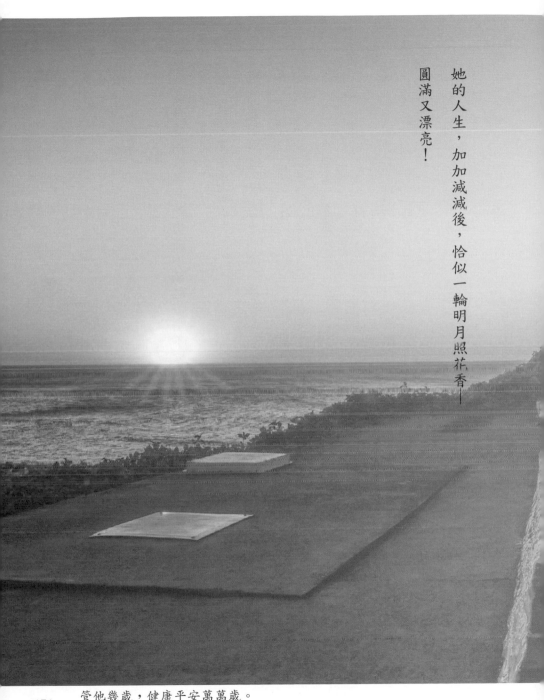

小鎮

她的兩地愛情故事，是梅山小鎮的傳唱不歇！

高高低低，深深遠遠，

有神話般的淒美、有勇士們的精神。

為荒山秋月憑添顏彩，為窮鄉僻壤拋種雪花。

彼時，我賭沖繩落日也遜色。

豈料！一場風暴，那場戲—

就像走遠的漁舟，逐漸模糊，留下煙波浩淼，餘波盪漾。

淚在兩岸臨風⋯，

這一刻，彼岸只是彼岸—

沒了音沒了訊，
沒了情沒了愛。

斷電！

那場戲，是神話也是笑話。

度春

三月。從她口中唱出，婉約遼闊，
杜鵑。於她眸底怒放，呼喚著春。

六點．天空．泛亮。

仰躺充滿濃郁草香球場——
望向不斷吟唱春光、站滿電線的麻雀，無比療癒。
大千以內——
有她濃濃的眉、大大的眼、柔軟的唇，
　襯著嘹亮歌聲，充滿校園一遍又一遍……。

三月悸動，伴她和著頂上滾雲、暖暖日光一起度春。
並等待早班飛機頂上過。

風

站立高高岩石上，風不斷呼嚎著，
　掌握不到瞬間，定力是唯一能征服。

風——
像愛情也像一艘船，
吹東又吹西，總是吹向別人懷抱，
本以為該航向我，無可奈何！我始終不是岸。

風風雨雨幾度秋，
夢裡山河一晃眼，
乘著風——偕愛情搭著客船遠揚去。

風般的人生，只道是美！

更吹落　星如雨

天接星辰照凡間，但見雪月爭輝夜連夜。

105.01.23棲蘭民宿，山之巔雪之夜—

聞窗有聲推門望。

驚艷—後庭飄雪上空—彷彿星星全到齊，

爭相對我勤放閃—拋媚眼。

超感動，在這異鄉之晚！

彷似—牽牛織女情切切，遙對望—銀河千里；

也似—鳳蝶彩翼舞翩翩，獨飛向—晚醉我心。

夜空啊！夜空！我睹今晚星語應是—

東風春風爭到訪，更吹落、星如雨。
寂寞空庭一月冷，異鄉情結異鄉解。

玉兔弄獅

勇闖叢林不是夢。

她，是一隻被紅塵耽誤的千里兔，素中養華。

小巧輕盈、行動敏捷、舉一反三、皮膚白皙、

善良可人，聆聽是她的美德，從不兩舌，不搞紛爭，

不爭功諉過，婚姻美滿，樂意扮演喜樂橋梁，崇尚和平。

周遭親友諸多獅子座，常謔稱自己是弄獅人，也是懂獅人。

猛獅面前，她以白兔柔軟身段，擁抱群山，

優遊一山又一山，戰勝群獸。

真正強大是—賢愚兼容、智慧無敵。

職場免疫力

風雨，決定一個人氣質。
文化，定義城市好水平。

多少風寒雨斜的日子，拉拉頸領是禦寒良方，
走在孤寂人生路，正氣凜然，是盞黑暗明燈。
一場疫疾，疫苗乃救命神丹，
紛亂職場，抗體是必須儲備。
何謂公平、不公？何謂順遂、不順？
黑白拿捏，酬酢之間罷了！主客觀認定有權者說了算。
笑看！一支尺——量風量雨，從不量自己，
笑看！一支秤——秤西秤東，無法秤春風。

最好處方—免疫力、學習力、健忘力，方能力抗刀槍棍棒，百毒不侵。
無欲則剛，挖啥米攏不驚！

正氣退敵，内涵勝出。

白鳥

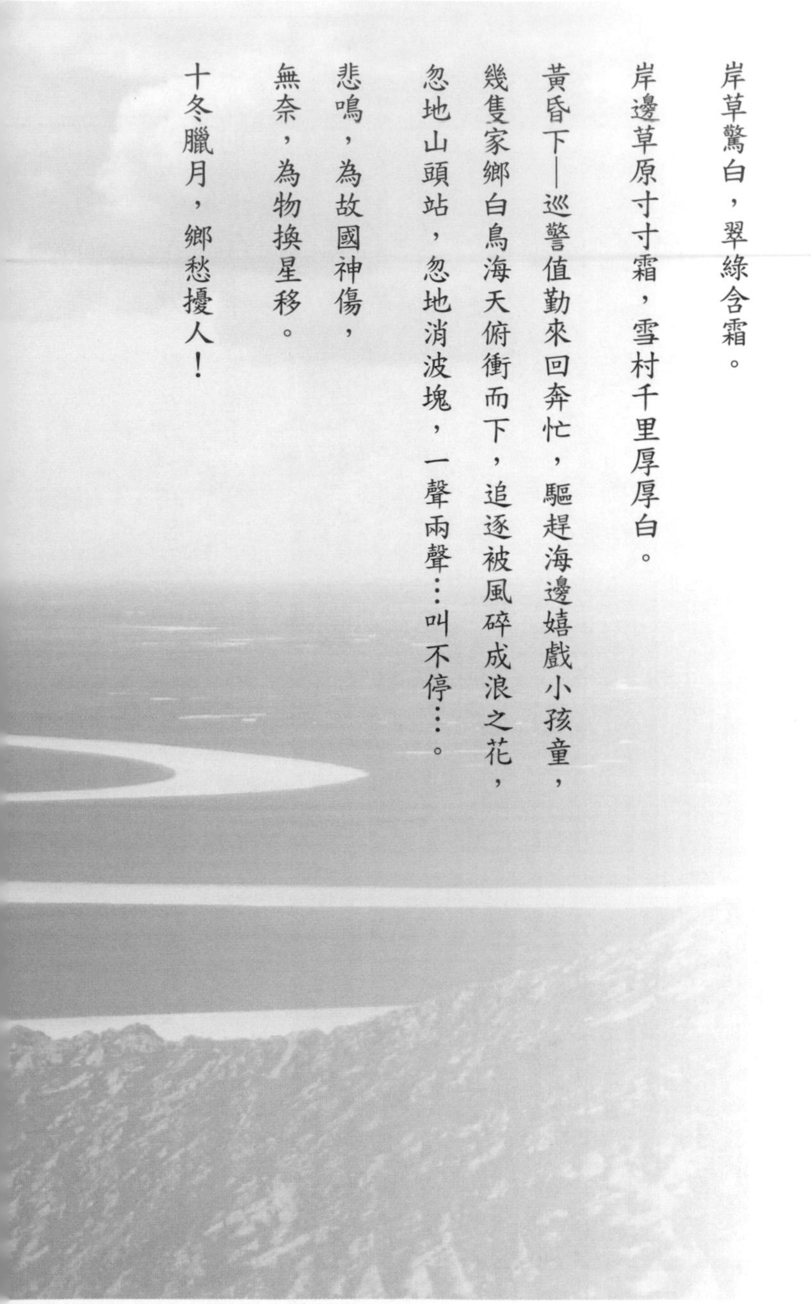

岸草鷺白，翠綠含霜。

岸邊草原寸寸霜，雪村千里厚厚白。

黃昏下——巡警值勤來回奔忙，驅趕海邊嬉戲小孩童，
幾隻家鄉白鳥海天俯衝而下，追逐被風碎成浪之花，
忽地山頭站，忽地消波塊，一聲兩聲……叫不停……。

悲鳴，為故國神傷，
無奈，為物換星移。

十冬臘月，鄉愁擾人！

望鄉！

失了方寸底紅豆

未踏池邊青草綠，
　階前梧桐已秋聲。
褪色愛情——
像失了方寸底紅豆，不必燃煮，夕間灰燼，
青春落荒而逃——
花容失色，東西失衡，回憶潤紅了它。
人生劇場——
何必哀傷遍尋不著桃花源！
　心中自有丘壑美。

！

不知

凭溪一江星，粒粒晶瑩灑十方，
　不知今晚星宿在何方？明日又天涯？

雙手掬星捧月，
瞬間指縫流失。

青山歲月看似不動，
轉眼蒼蒼又白首。

滾滾濁流——
不言滄桑，我摯感恩的心，
　寫生命無悔、寫星海無邊。

感恩！歲月滾輪。

心念無私天地寬

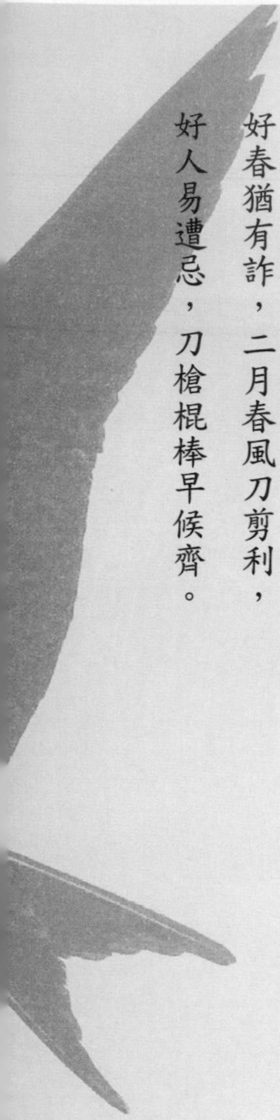

才說紅塵太美妙，不信人間有獠牙！

巨龍盤山，氣象萬千護城河。

問君何以穩如山？為有品格氣自華。

水問山為何眉深鎖？為有風光人爭搶。

一方田園半畝地，世世代代養千人，

一把傘張罩四方，造福鄉土造萬里。

好春猶有詐，二月春風刀剪利，

好人易遭忌，刀槍棍棒早候齊。

心念無私天地寬。

蟬追

五月，天地交響，漫天奏起⋯。
夕陽正火辣，步出捷運出口，厚實蟬聲，有的落在分隔島上、
有的落在半山步道旁⋯，更多的是落在我心深處。

夏初．午后四點半．太陽猶毒辣．行人也匆匆．蟬聲正嘹亮。
搖晃小舟，划過水草，沿著水邊，拼了命四處尋找聒噪的蟬之聲。
抖一抖心事，藍天白雲下，有歸燕、有正裝漁獲的釣客、有穿梭高大林群互相打鬧的
胖松鼠⋯。
循著蟬鳴，追著、追著⋯，順流找到分布河兩側浪漫一夏的龐大蟬群，吱吱吱吱⋯不
絕於耳⋯。近黃昏，逐漸掩沒在四野炊煙⋯。

背影下

里斯本沙灘上，裹著她薄透輕紗美妙身段，飄飄然，絕代風華。

向海處，陽光灑潑—

背影下，有流盼的、孤獨的、還有希望的火花交織……。

一場雨後—

燦爛褪去、晚霓降臨，漸漸地……月光取代哀怨，流星取代孤單。

黑，其實比想像中更不可怕，寂寞已不再寂寞。

運作一整日，天地只是疲憊。

小歇，是為迎接明日，

並千年萬年。

孤獨也是一種美。

寂寞處莫斷腸

般勤謝紅葉，整裝到凡間。

春。就到了！

倦鳥甦醒，

百花群忙。

愛花、賞花、惜花，哪比正月趕上迎春花？

問天、問地、問月老，最是惆悵—款款情愫流水去！

寂寞處、莫斷腸—

天地有情贈紅葉，

瑞雪紛飛酬知音。

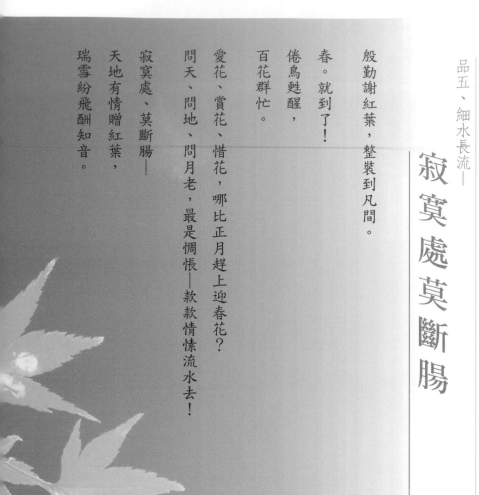

楓。醉。

不予置評

不予置評，因為我心如秤。

是誰將春風種我心？是正義、是量尺！

有人說玫瑰好，有人說桂花香，我不予置評。
有人說春花秋月好，有人說樓台煙雨美，我不予置評。
有人說他是君子，有人說他非君子，我也不予置評。

春天，但見蜂兒勤來回，陽春又三月，
冬天，天地蒼茫百花凋，冷暖心自知。

風兒來去太匆匆，何必爭那對與錯，路遙知馬力，光陰大師會說話。
我心也如一池江南風雨，點滴注心。

若我是支秤，最想撫平黑與白。

品六、遇見美好——

如何天天遇見美好　必須長存一顆　感恩心　反省心　廉潔心

去摘月　晝涼後

頭人
梢彩行約
柳樹好撲爽黃
上新臨坤雨不缺昏
月月垂娥乾春愛獨黃後
▶摘滿邊嫦轉上重綠應涼◀
去初塘圓扭路粉酒醉晝
年月月轉雙紅紅如
元缺運成井燈
月來好市
時花

臥薪嘗膽

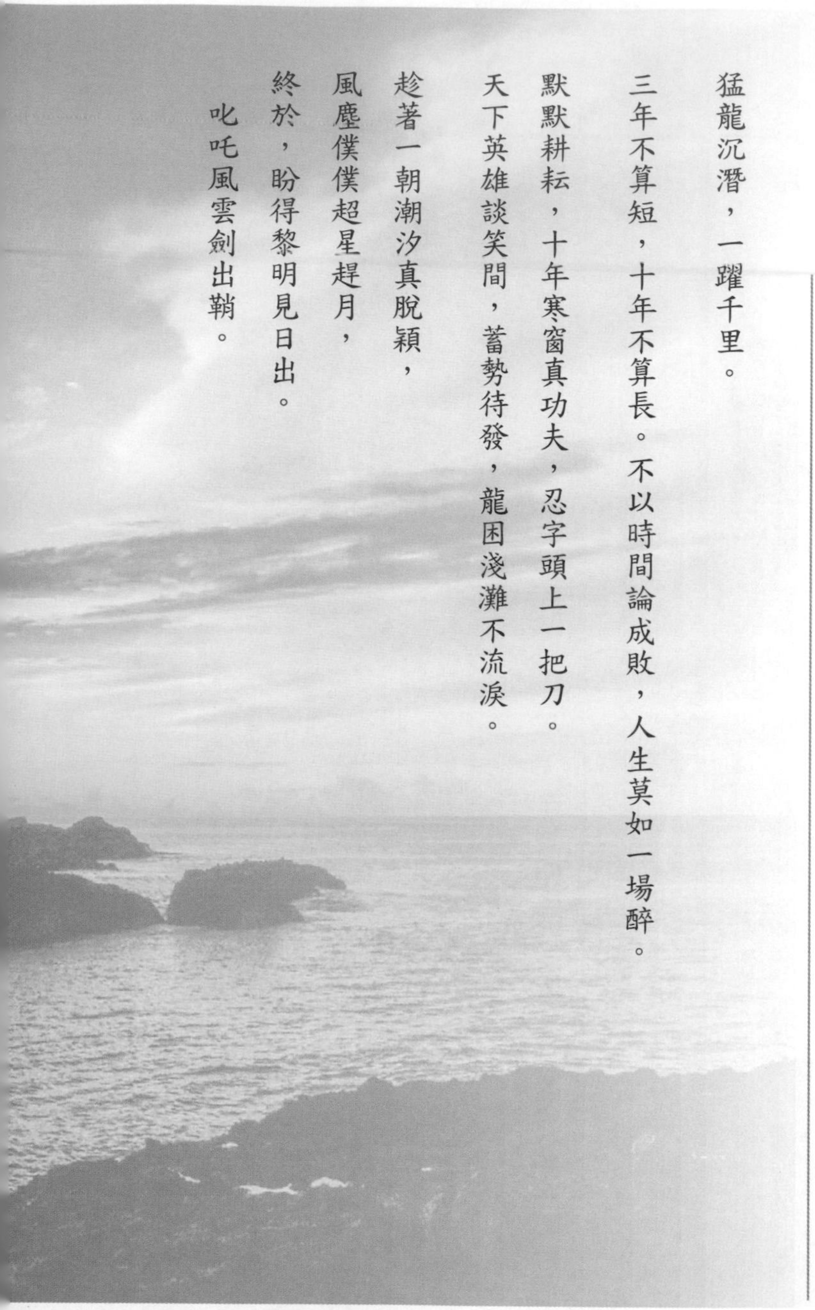

猛龍沉潛，一躍千里。

三年不算短，十年不算長。不以時間論成敗，人生莫如一場醉。

默默耕耘，十年寒窗真功夫，忍字頭上一把刀。
天下英雄談笑間，蓄勢待發，龍困淺灘不流淚。

趁著一朝潮汐真脫穎，
風塵僕僕超星趕月，
終於，盼得黎明見日出。
　叱吒風雲劍出鞘。

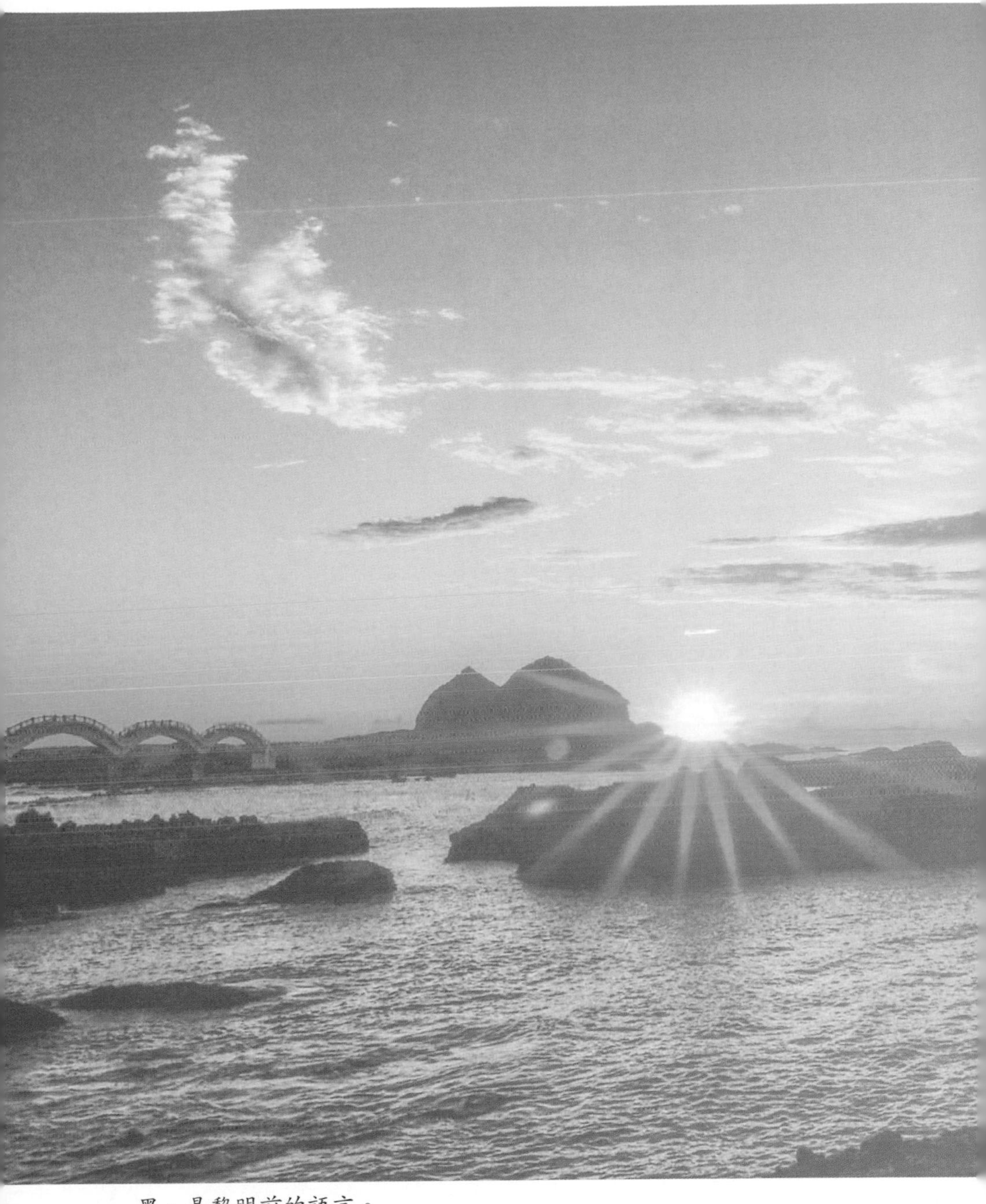

黑，是黎明前的語言。

留不住你

你說—

哀莫大心死，夜來風雨不知淚。

厚道與否，存乎一心！

真正傷痛不是淚水—是無言。

信任昇華不必燭光—是領導統御美學。

本以為千里馬夠勁，隨處伯樂，簡直癡人說夢，青天難求啊！

有權者—莫趁浪高推孤舟，莫挑軟柿舉鐵鎚。

真高人—遇黑擎燈；真仁德—遇河架橋。

既是去意甚堅，何妨笑看官場三分真七分假！

看她明日又如何？

放下吧！武陵走一回，逗逗山中猴，坐看煙霧繚繞！

放下吧！

美夢

那是心底最美的烙印。

下午四點半雨后，一道圓弧彩虹—
嵌在透窗黑色晶亮鋼琴上，帶著她的夢飛向天邊。
：倒帶家境不算寬裕的高中年代，
父母竟也省吃儉用圓了她的夢—學鋼琴。目標—音樂系。

隨著歲月推移，方知，夢畢竟只是夢。
現實的兩極，總是冷冷望著昨日滄桑。
夢，曾經神氣活現，如今熱度引退，溫度猶存，感恩恆在。
而，微笑彩虹一直都像夢—一掌難握，
總在"雨天使"狂淚之后，華麗現身又默默轉身。
因為距離，所以，美的夢幻。

愛，是不囉嗦

愛，是不囉嗦、不量販⋯⋯，只道是滿滿的感動。

看著各角落一群弱勢，
勤奮的學習心、老師們的用心、家長們的放心，消費者的愛心，
成就一支支——友善城市美的富都心。

歷史告訴我們，
不論風景如何更迭，愛，是永遠最美的風景，也像氣球，越吹越龐大，
更用人類一顆紅心，拓染永恆的愛。

愛，其實很簡單，不必多說，只要人人多用點心，
愛——必無極限！

有時愛也是一種孤單。

今晨微雨

愛上這城鄉，不因它是國際之都，

而是那段破碎日子的點滴叩心。

由谷底爬起，誠如倒掉瓶中水，注滿活氧，重新出發。

感謝妳，多少蒼白日子，擱下小孩、擱下文字，相陪找房到天黑⋯到日落。

向海長條木椅上，人手一串花枝丸，兩人靜靜望著渾紅大落日沒入海平面。沉默中，

海天不語，命運就在不言中感傷內化⋯。

然後踏著星光，呼應對岸八里璀璨和著朦朧山形，搭上捷運轉回程。

苦難逼人堅強，風雨使人強大，那是信、望、愛的力量。

更忘不了——關鍵時刻，姊姊、春容和燕珠夫婦拉起身陷泥淖的我，幫我拭去滿身汙

泥，伴我無懼向前⋯。

感謝老天爺的不坐視！令派諸多貴人菩薩伸援救命，讓勁草再度昂首。

今晨微雨，是初秋假日花絮，滿載感恩的心，品啜人性芬芳有味。

苦難中，偷得一點幸福。

人生如酒·莫貪

人生如酒，莫貪；人生如杯，忌滿。

酒中看品格，杯中看文化。

一座味蕾上的城市，人人無酒不歡、無花不快。

法國。波爾多大酒莊──

得天之眷，

雖擁有一樣的陽光、一樣的經緯、一樣的水質，

卻釀出不一樣千年萬年甘醇酒水。

培植世界一流種植師、釀酒師、品酒師、調酒師…，

製造一點一滴名享國際葡萄紅酒，讓世界聞得到它的香氛。

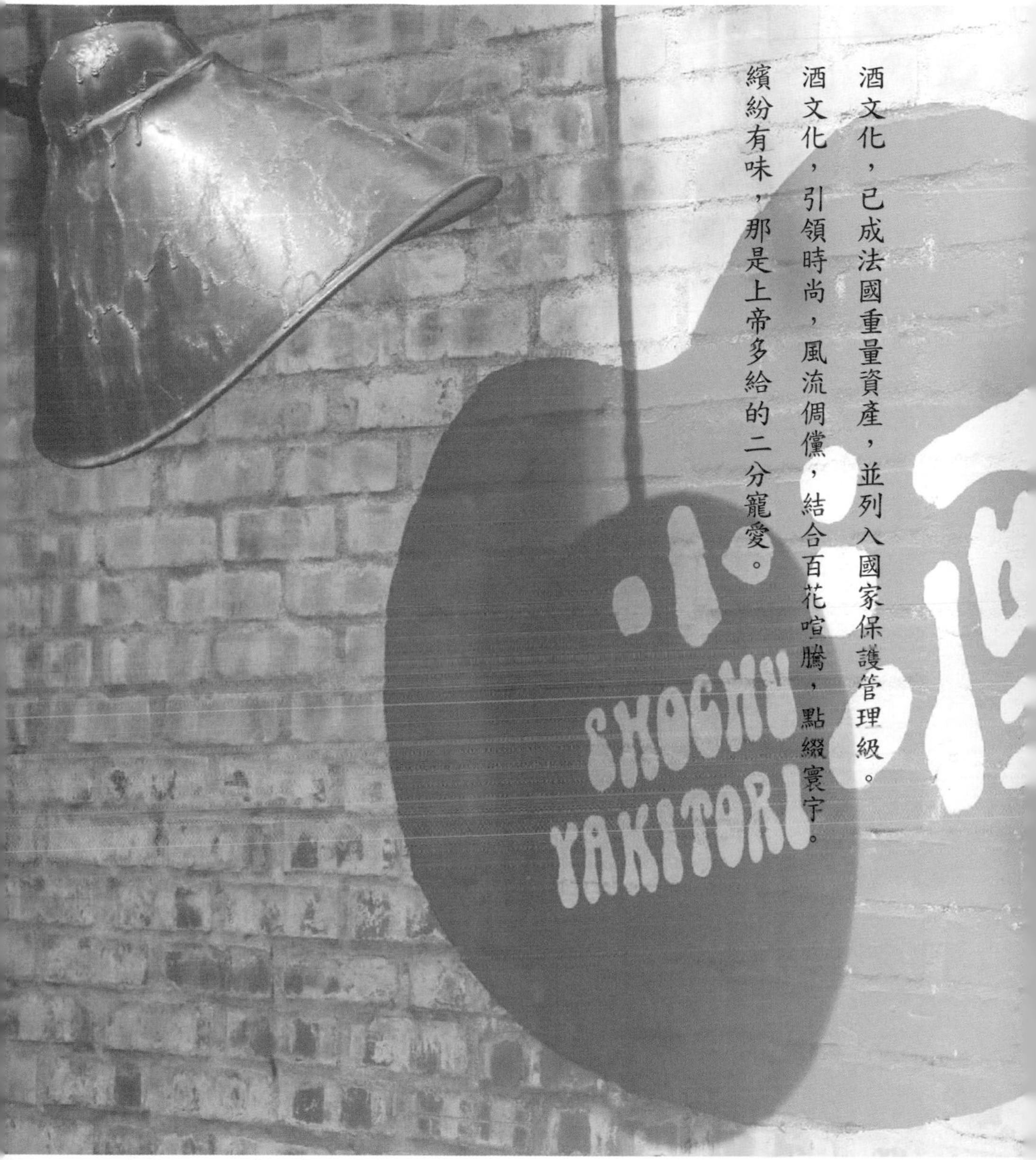

酒文化，已成法國重量資產，並列入國家保護管理級。

酒文化，引領時尚，風流倜儻，結合百花喧騰，點綴寰宇。

繽紛有味，那是上帝多給的二分寵愛。

我是酒，只賞給有品的人。

生命詩篇

輕輕地—我哭了。
秋節前夕，妳帶著母愛般的關懷，
孱弱身子，拎著月餅，仙風道骨來看我。

只是初秋，我心卻有著深冬般地顫抖與感動，
習慣形單影隻的我，每看一次妳，總飆一次淚。

原來，風中殘燭，也有它美的堅持，感謝妳溫馨送餅情。
如山一樣傲然，如海一樣堅毅。
有妳當歲月導師，我何懼之有？
妳以近九十高齡，氣質優雅，精神抖擻，每日都在為自己寫生命詩篇，
那更是天地間最美的一軸畫！

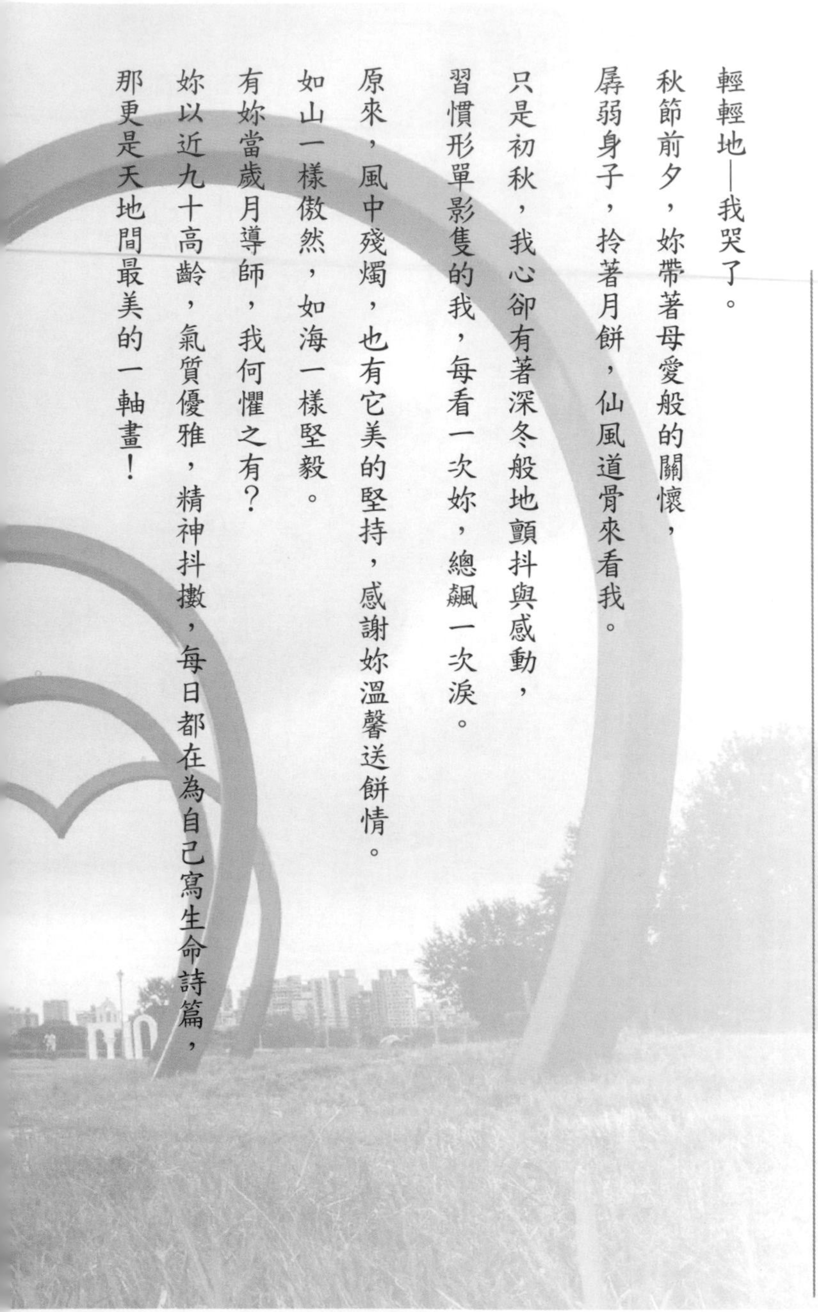

一秋南雁

看！一秋南雁，點點是離愁⋯⋯。

我的心也飛躍成翩翩輕羽，一山又一山，八分落寞十分感傷。

雁啊！雁！

來年，請告訴我，遙遠彼岸，可還有我等待的殘夢？

朦朧煙雨江南，可曾看到我遺落那顆星？

那顆上頭刻有我心碎的一顆星，

那也是我憑弔逝愛的唯一方式。

笑莫笑！

如今，江邊歸雁—卻為何只是沉默！

靜。秋。

十六月亮光

所有的燈都熄了⋯，只剩月光！

誰言十五月正圓，最是迷人在十六，
清涼夜空一輪月，樓高相伴一〇一，
月兒靜靜佇樓尖，落寞行人頻望天，
忽見月裡玉兔仙，俯瞰街上秋滿天。

滿城月色，小城不夜，今晚，有誰在相思？

月啊月！孤單來去！
卻把驚艷送人間，悄悄離去睡夢間。
樓高處，休問秋涼！只談明月在天邊。

今晚。有誰在相思！

更讓美麗成爲一種習慣

如何讓外在動人，不因歲月老去而彎腰？
如何讓口齒春風，不因刻薄犀利而憔悴？

生命精采—惟靠二支內外支架來HOLD住。

一是外在，二是內涵。外在有形，內涵無形。

人，誠如一棵大樹—

外在，為使之直立挺拔，必須拆除外表借以扶正的依賴支架，方能仰承陽光和小雨，使之正成長、獨立之、茂密之；

內涵，則是內在心的養分支架，惟有透過學習、修養、慈悲、表裡如一…，不做害羞事，視萬物仁慈，甘露遍灑，方能養浩然正氣，抗衡外在衰老。

心夠寬廣，宇宙自然寬；眉宇夠端正，世界自然正。

我優雅，不因歲月老去。

品六、遇見美好——

黑心 良心

治絲益棼——還成仇 終成恨

古來商賈皆無良
割稻傷竹最淒涼
中原夢醒太殘酷
華麗老店通賊窟
富得不易惜初心
邦國安穩需良心
國祚興亡繫你我——一顆心

喚醒良心，有這麼難嗎？

品六、遇見美好——

進退兩宜

牆裡淡淡傳暗香　幾分沁鼻幾分茫

燕語鶯啼響

萍水君子芳

大氣冰心漾

巧笑彈指弄

若山若水情

拙樸點點俏

她——

　　進可詮釋風月

　　退可朗讀江山

好個——慈心智慧職場人

玫瑰有愛！

忍辱與原諒

忍辱中，扛不起沉重就當修行，因為人人都只是過客。

從忍辱到原諒是一條內心煎熬路。

濁流滾滾——

憑借一身赤膽忠肝，走懵懵懂懂世間路。

起伏人生，有我忍過的寒冬與淚水，

千里的路，有我踏過的春夏與坎坷。

當，一江平靜，傷已無傷，恨已無恨，

漸登高峰，青山依樣綠，花朵依樣豔，陽光依樣溫煦。

天地何其寬？芸芸眾生，妳只是簷前一滴水，瞬間風乾。

海納百川，有容乃大。

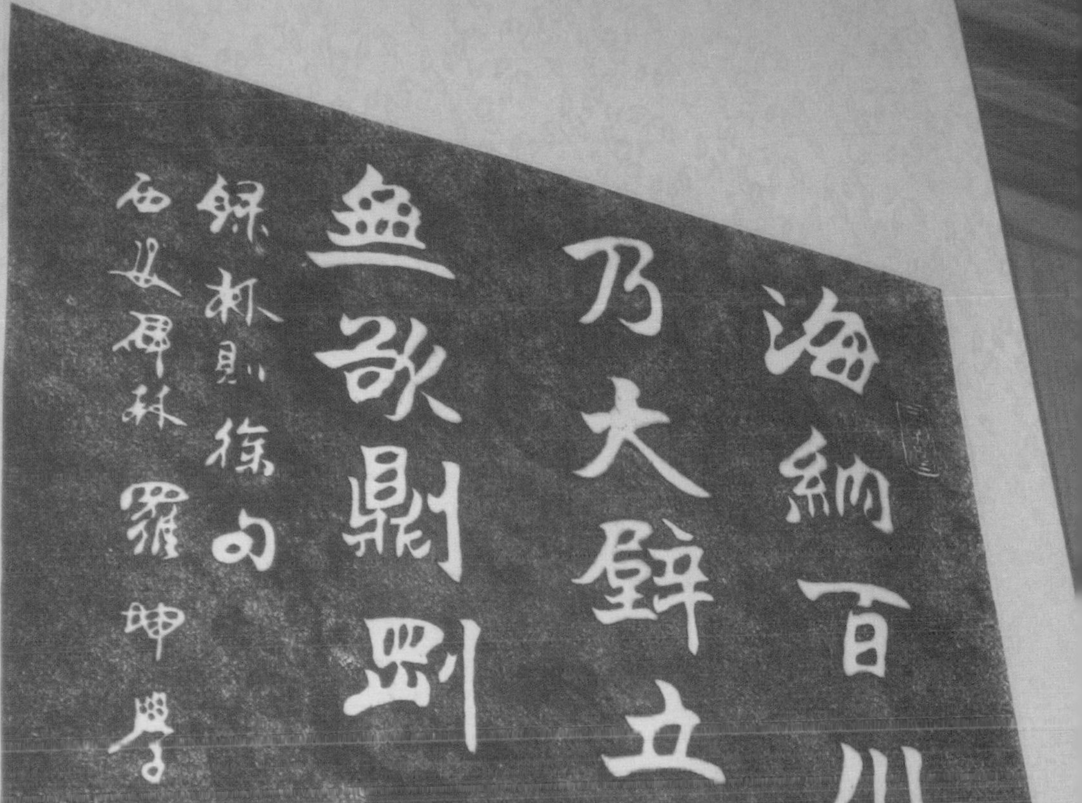
海納百川有容
乃大壁立千仞
無欲則剛
錄林則徐句
西安碑林羅坤學書

品六、遇見美好—

非絕世恰似一絕世

樓下有佳人，孤傲而挺立。

追尋美人不厭倦！

立秋。微涼。

忽聞廊道一陣香，

　為有前方花撲鼻。

采風徐徐送芬芳，

薇姿輕盈勝百態。

雖—非絕世恰似一絕世。

醉—

　是醉在濃濃秋之閑惹人憐。

儀態萬千，最美的驚嘆號！

一燭褪黑暗

成熟在逆境，醒悟在絕境。

一燭褪黑暗，一正破百邪。提升心靈境界，即便處在逆境困頓環境，亦不為所囿。唯有高尚靈魂，方能成就威武不屈，絕處逢生。

守候黑暗，是為下一刻的璀燦萬分。於暗房裡點上一根燭，瞬間明亮。與黑暗共存，等待黎明冉升，需要的是勇氣、毅力和時間，堅定迎向窗外有藍天。

人生可貴處，不是在順境中揚帆，而是，如何逆中轉勝。乘風破浪，航過惡水，一程又一程，終於平安。正心正念與堅持是必備條件。

所謂居安思危，是在安逸環境中隨時常保警覺性，也是忙碌社會人，必須要有的概念。得意時，不忘失意日。而，豐碩的生命內涵，總在風雨中累積正能量，困頓中求花開。就像貝多芬偉大的第九交響樂曲，是綻放在他人生最艱困時段——耳聾病痛折磨時。

自助而後人助。人生贏在起跑點並不稀奇，要贏在轉折點，跌倒了更要有站起的勇氣。放下情緒，噙著眼淚再奔跑，有始有終。如何讓自己的不認輸，轉化成對的資糧，成為前進動力，也需超人智慧。

順境、權力，就像麻醉劑，讓人墮落，讓人鬆懈，讓人忘了拔劍，讓人失去提防心。揮霍荷包同時，也忘了耕心，進一步退三步；逆境，能讓人反省、蛻變、創新、精算荷包，加以日夜苦讀努力下、懸梁刺骨，終讓麻雀變鳳凰，摘得梅花撲鼻香。若果，能在擁權中又長養慈悲道德、高舉良心做事，那更是人間龍鳳提燈照大千，萬民有福。

巴爾克說：絕境是天才進階之路，信徒受洗之水，能者的寶藏，弱者的無底深淵。

教徒常說，一分挫折三分恩典。人的一生，最大的敵人不是別人是自己。不經一事不長一智，如何在身陷逆境中，學會不詛咒命運？逆來順受，突圍困境。多一次逆境，多一分成長；多一次絕境，多一次體悟，越挫越勇。所以，挫折豈非是雨露？更是滋養生命的靈糧。強者，在逆境中強大，培養軟實力，忍辱前進，更見高度與深度，默默飄香；弱者，在逆境中跋扈囂張、唯我獨尊、較長論短，怨懟際遇，越來越醜陋。

平凡人與英雄之區隔——

自古英雄多磨難。英雄，總在苦難中找到自我定位，突圍宿命；在失敗中，記取教訓，不屈不饒，再接再厲，一心往前衝，於狂風巨浪中抓住浮木，創造驚奇；平凡人，在巨浪中追著浮木，隨波逐流，失敗中找藉口，選擇後退，直想逃跑，最後放棄，一事無成。

好逸惡勞。懶惰誤事，勤能補拙。沒有人是天生贏家，成功都是被逼出來的。就像行走荒山野嶺，突遇後頭猛獸追，不跑不足以保命。逆境彷彿是成功礎石，通過考驗，正資產在握，才能享受劫後餘生的喜悅。

「竹杖芒鞋輕勝馬，誰怕？一蓑煙雨任平生」。一個身處逆境仍能輕安自得的人，何懼之有？紅塵有夢一身是膽。誠如—凋零在無盡繁華後的蓮荷，雖已枝殘梗落，也能秉持著，出淤泥而不染的君子之風，不卑不亢，退場也震撼。

凡事不忘前事之師，不忘前事之痛。

關鍵時刻，多堅持一分鐘，往往是成功與失敗的分水嶺。

春耕秋收—

流過淚的生命，方能光彩奪目、亮麗動人；

流過汗的土地，方能綠草芳菲、處處陽春。

當，風停雨停。再回首，淚是珍珠苦是寶。

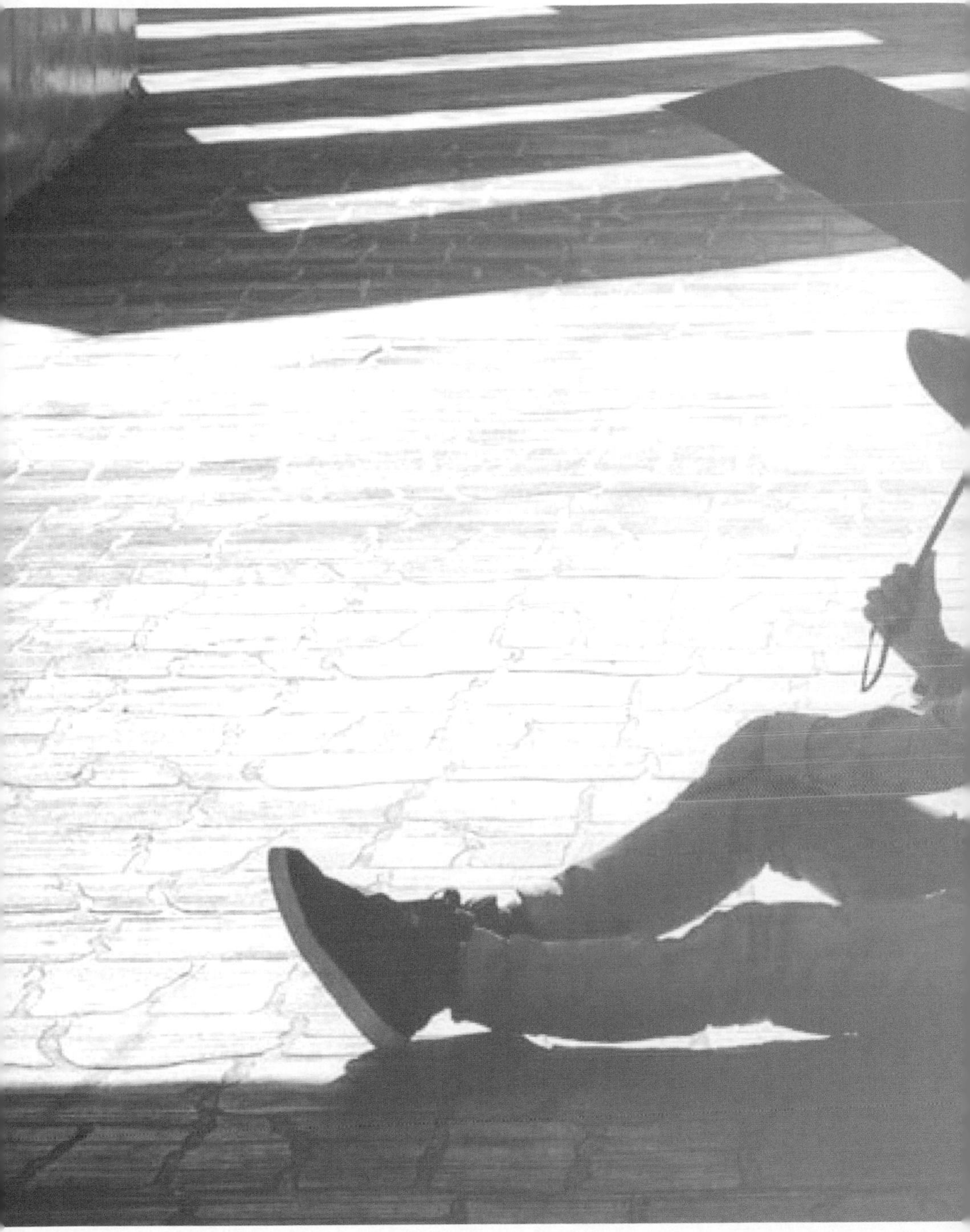

國家圖書館出版品預行編目(CIP)資料

織：一件盛夏の雪衣/ 巫守如著. -- 初版. --
新北市 : 普林特印刷有限公司. 2021. 12
220面 ; 1.1公分. —(101文化創作, 13)

ISBN 978-986-98283-6-9(平裝)

863.51　　　　　　　　　　　　110021496

發 行 人：101文化創作
總 編 輯：林萬得
美術編輯：林萬得
攝　　影：詹昭海
作　　者：巫守如
出 版 者：普林特印刷有限公司
地　　址：新北市三重區忠孝路二段38巷6號
電　　話：(02)2984-5807
傳　　真：(02)2989-5849
網　　址：http://www.pl.com.tw
法律顧問：江彥希
繕　　校：韻嵐、素霞、明道、紹華、素華、守如
初　　版：2021年12月初版
定　　價：160元